小学館文庫

警視庁特別捜査係サン&ムーン2

桜人

鈴峯紅也

小学館

主な登場人物

月形涼真（つきがたりょうま）……警視庁刑事部刑事総務課刑事特別捜査係所属の巡査部長。日向英生（ひゅうがひでお）と月形明子（あきこ）との間に生まれる。

日向英生……月形明子の元夫。警視庁刑事部刑事総務課刑事特別捜査係所属の主任警部補。ノンキャリア。

月形明子……日向英生の元妻。警視庁交通部長にして、警視監。キャリア女子の星、シングルマザー・キャリアの魁（さきがけ）。

中嶋美緒（なかじまみお）……月形涼真の恋人。大手証券会社に勤務。涼真と警察学校の同期で、教場では相部屋でもあった、中嶋健一（けんいち）の妹。

警視庁特別捜査係サン&ムーン2

桜人

※この作品はフィクションであり、登場する人物・団体・事件等は、すべて架空のものです。

一

三月二十日は、よく晴れた一日だった。日曜日で、人によっては三連休のど真ん中ということになる。

警視庁刑事部刑事総務課刑事〈指導係兼特別捜査係〉の日向英生(ひゅうがひでお)はこの日、〈朝から〉荒川区町屋(まちや)の自宅マンションにいた。

京成線の線路沿いに建つ十階建てのマンションで、日向の部屋は七階だ。近くには荒川浄水場の多目的スポーツ公園があり、全戸からテニスコートや多目的広場、周回のジョギングコースも見下ろせた。

日向にとってこの街は、何かと便利で、何かと暮らしやすい場所だった。

約三十年も前の話にはなるが、日向が住み暮らした警視庁の単身者向け待機寮があったからだ。

その頃と比べれば表通りの街並みは一変したが、一本裏通りに入れば、ところどころに三十年前の匂いは変わらず残っていた。

このよく晴れた春の日、日向は朝になってから部屋に帰り着いた。〈朝から〉自宅マンションにいたというのは、そういう理由に拠(よ)る。

と言って、還暦もさほど遠くない先に見据える身で、若い頃のように、目的もなくただ夜が楽しくて遊んでいた、などというわけではない。

朝陽（あさひ）が昇った頃、蒲田（かまた）署に立った殺人事件の捜査本部が解散になって、ようやく解放されたからだ。

最低限の後片付けをして、部屋に辿（たど）り着いたのは朝の八時過ぎだった。

この日が日曜とか休日だという実感はなかったが、明け番に近い感覚はあった。

徹夜をしたわけではない。前日に蒲田署で仮眠は取った。

にも拘（かかわ）らず、全身には絡み付く泥のような疲労感があった。

眠りについたのはおそらく、八時半を回った頃だったろう。

時計を見たわけではなかったが、外がだいぶ騒がしくなり始めていた気がした。それでわかった。

休日の浄水場公園が子連れの散歩やスポーツ愛好家で賑（にぎ）やかになるのは、決まってそんな時間からだった。

特別捜査係と兼任になってからというもの、日向にとって曜日はただの記号も同然だったが、少なくとも刑事指導係専任の頃は、普通のサラリーマンと同じような勤務体系だった。

つまり、土・日・祝日は雨が降ろうと槍（やり）が降ろうと、確実に休みということだ。

毎日勤務制の公務員は、一週間の勤務時間が三十八時間四十五分と定められていた。その分、他の一般職より総じて残業の多い職場環境だというが、日向の場合にはそれもなかった。

定時に警視庁本庁舎六階の刑事総務課に登庁し、定時に退庁する。そもそも自由時間は有り余っていた。

休日はまず、昼まで微睡(まどろ)むことに決めていた。

趣味もすべきことも、特にこれと言ったものを日向は持たなかった。

微睡むために、まず朝酒を舐(な)めた。

酒がもしかしたら、日向にとって唯一の趣味なのかも知れない。

いや、楽しみか——。

九州のヤクザ組織に、警視庁の〈モグラ〉として潜入していた長い時間、それこそ安心して酒を呑(の)んだことなど一度もなかった。

いつ寝首を掻(か)かれるかわからない身の上だった。美味(うま)いと感じたことさえ、ただの一度もない。

生きて帰ることは正直、ある時期には見果てぬ夢でしかなかった。

そんな任務からようやく〈サルベージ〉され、警視庁に復職したのは約六年前のことだった。

安心して呑むことが出来る時間と空間のありがたさや、酒の美味さは、やはり格別なものだった。

以来、休日には朝から呑み、空腹を覚えて昼頃に起き出し、馴染(なじ)みの居酒屋に行ってランチという名目で飯を食い、また酒を呑み、帰ってまたベッドに転がる。そうして、次に目が覚めたときは陽が暮れていて、浄水場公園が静かになっているのが常だった。

休日の終わりは、シャワーを浴びてさっぱりとしてから考える。

外に出て済ませるか、何かを買ってきて家で食うか。

どちらにしろ、酒を呑む。

どちらかといえば、何を食うかより何を呑むかを考える。

こんな休日の過ごし方を医者に話したら、一体どういう顔をするだろう。

少なくとも別れた元妻には、

――せっかくいい公園があるんだから、せめて歩けば？　それだけでも眠れるんじゃない？　ねえ。休肝日って言葉、いい大人なんだから知ってるわよね。

と、冷ややかな視線を注がれつつ、そんなことをここ最近になって言われたことがあった。

捜査本部の手仕舞いに向け、前夜はバタバタとして飯こそ蒲田署で適当に食ったが、酒は一滴も呑まなかった。

そのまま、朝になってから帰宅し、ベッドに倒れ込んだ格好になる。呑まないでも眠ることが出来た。

きっと肝臓はひと息、いや、ふた息くらいはついていることだろう。

休肝日が大事だということくらい、知識としては知っている。

いい大人なんだから。

と、そんなことを漠と考えつつ、日向はベッドから身を起こした。

窓の外に目をやれば、陽はだいぶ西に傾いているようだった。午後三時にはなっているだろうか。

昼を回っても起きなかったようだ。それほど疲れていたということか。

全身に感じた泥のような疲労感は、抜けきってはいなかった。特に肩とふくらはぎには強張(こわば)りが残っていた。

後で、近くにある鍼灸院(しんきゅういん)にでも行って来ようか。

少し高くて、だいぶ下手だが——。

「で、そんな日曜日に、なんでお前がいるって？」

寝癖の付いた頭を掻きながら、日向はキッチンに向かって声を掛けた。

「なんだ。あれだけ説明したのに、聞いてなかったのかよ」

キッチンから張りのある若い声が聞こえた。

こちらに背を向け、シンクに向かっているのは月形涼真、日向の息子だった。

と同時に、今現在は上司と部下という関係でもある。

警視庁刑事部刑事総務課刑事特別捜査係所属の、主任と巡査部長だ。

「電話では、ちゃんと返事してたんだぜ。まったく。仕事を離れると、すっかり爺ちゃんだな」

「放っとけ。それだけよ、オンオフがしっかりしてんだ、俺は」

「あ、俺もよくそれ言う」

日向は大きく背を伸ばした。

血流が勢いを取り戻したようで、それでだいぶ覚醒した。

たしか、涼真から電話が掛かってきた。今から寄っていいか、と言われた気はするが、はっきりとは覚えていない。

マンションの部屋の鍵は、今年の正月、ほど近い南千住に強盗殺人の捜査本部が立ったとき、待機場所に使えと予備を渡した。それははっきりしている。

「いいかい？　も一回言うよ」

包丁のリズミカルな音に乗せるような、涼真の掻い摘んだ説明を聞く。

若さの特権か、涼真は蒲田署の捜査本部が解散してから一睡もしていないようだった。

湾岸署の上階に併設の独身寮に帰り、着替えてそのまま私物のロードバイクを駆り、葛飾区の青戸に住む彼女の家へ行き、今はその帰り道らしい。

青戸の彼女は中嶋美緒という、兜町の証券会社に勤める二十三歳のOLだ。日向も会ったことはあった。だから知っていた。

初見は、涼真の同期にして美緒の唯一の近親者である、兄・健一の葬儀会場だった。そのことは今も心に苦いが、気丈に見せる、陽溜まりに浸るような笑顔が印象的だった。

ああ、いい娘だと思った瞬間、頭を下げていた。

――俺、私は、日向英生。涼真の父です。こいつをよろしく。

この挨拶はその後、涼真から多少のクレームを受けたが聞き捨てたものだ。

とにかく、そんないい彼女とこの日は、涼真は昼食を食べてすぐ別れてきたという。

「おいおい。いいのかよ。こんな時間に引き上げてきて。また捜査本部に呼ばれたら、いつ休めるかわからないってのによ。春の一日はまだ長いぜ」

「夕方から友達と待ち合わせだってさ。映画に行くって。こっちの暇になったのが急だったからね」

「ああ」

納得だ。

急に呼ばれ、急に終わる。

これは刑事という仕事の、いわゆる〈あるある〉というやつだろう。

「なんかさ。掃除洗濯を手伝って、近くで昼飯食って。そんなんで呆気（あっけ）なく終わっちゃったけど」

「ま、そんなんなら仕方ねえさ。いいじゃねえか。それだって貴重な時間だよ」

「まあ、たしかに。それでも会いに行ったんだけどね。貴重な時間だから」

涼真は身体（からだ）を捩（ね）じり、日向に顔を見せて笑った。

その瞳の色は間違いなく母・月形明子（あきこ）譲りで、細面（ほそおもて）の輪郭と緩い天然パーマは日向譲り、らしい。

「それで貴重な時間を過ごしたらさ。その後にただの時間がもの凄（すご）く空いたんで」

顔を出してみようと思ってさ、と涼真は言った。

半分は本当で、半分はグレー、と言ったところだろう。

キッチンのＩＨコンロに電源が入り、鍋が掛かっているのが見えた。気が付けば、いい香りが漂ってきてもいた。

涼真は今、台所で味噌汁（みそしる）を作っていた。

漂い来る匂いは、おそらく日向にも馴染み深いものだった。

いつか、どこかで――。

そう、千葉の明子の実家で、行くたびに義父が炒り子から出汁を取って作ってくれた味噌汁の匂いだ。

「炒り子かよ」

と聞けば、

「あ、わかる？　正解」

と涼真は事もなげに返してきた。

炒り子は、来る途中に寄った足立市場で買い求めてきた物だという。

「ふうん」

足立市場は、町屋とは隅田川を挟んで対岸に位置する。たしかに、足立市場は都内唯一の水産物専門の魚河岸だ。

日向も町屋の待機寮に住んだ三十年前から、近いこともあり行ったことも何度かあった。だから、細かいことも知っている。

足立市場が開いているのは、早朝から午前十時頃までだ。昼飯を食ってからでは、いくら小回りが利くロードバイクでも間に合うわけはない。

炒り子は間違いなくこの朝方、美緒の家を訪れる前に足立市場で仕入れた物だ。

つまり、最初から涼真は、祖父の味噌汁を作るつもりだったのだ。

日向のために、日向の住まいで。

日向が思い描いた日常が、そこにあった。

父と子の、夢にまで見た日常。

夢でしか見られなかった日常。

「貴重な時間、か。――へへっ。俺にゃあ、これこそ貴重だぜ」

「何？」

「いや。別によ」

なんとなく誤魔化して顔を動かせば、居間のテレビで桜が開花したと女性アナウンサーが言っていた。

平年より四日早く、前年より六日遅いらしい。

「桜か」

三十年からの昔、所轄の仲間とはよく花見に行った。非番にも拘らず、桜の下の暴漢を見咎(みとが)めてはそのままに出来ず、仲間と大立ち回りを演じたことが、〈数回〉はある。

明子とも二人で何度か行った。付き合ってくれと告げたのも、承諾を貰(もら)ったのもたしか、舞い踊る桜の花びらの下だった。

思えば明子から妊娠を告げられたのも、満開の桜の頃だった。

涼真は、この年の暮れに生を享けた。

仲間との思い出、明子との思い出は胸に一杯だ。

だが、息子との思い出は、何もない。

そんなことを、よく出来た味噌汁の椀に顔を埋めるようにしながら呟いた。

これも歳をとった証拠か。味噌汁の味わいに、胸襟の深くを抉じ開けられたようだ。

「何言ってんだよ」

涼真は笑った。

「じゃあ、まずさ。今度、仕事抜きで呑むかい？　ここら辺は下町だろ。ちょっと自転車で流しただけだけど、結構良さげな呑み屋があったし」

「へっ。呑んで正体なくしてって、か。そんな思い出は、あんまり要らねえけどな」

「俺がちゃんと、ここに運んでやるよ」

「馬ぁ鹿。お前がだよ」

「え、俺？　まあ、ないとは言わないけどさ。でも、それだって思い出だろ」

「まあ、な。なるといいがな。──って、お前に慰められてもよ」

慰める歳になった。

慰められる歳になっちまった。

それもこれも思い出になるか。

（なあ、お義父(とう)さん。そういうもんかね）

味噌汁を啜(すす)る。

「美味いな」

涼真の味噌汁は本当に、義父が作ってくれた味噌汁、そのままの味がした。

二

涼真が父の町屋のマンションを訪れた次の日曜日は、前週にもまして晴れ渡るいい天気だった。雲一つないというやつだ。

非番のこの日、涼真は彼女の中嶋美緒と一緒に、浅草に出ていた。

満開の桜を楽しむためだ。平年より四日早く、前年より五日遅いとテレビで女性アナウンサーが言っていた。

「暑いくらいだね」

浅草寺(せんそうじ)境内のベンチに腰掛け、涼真は眩(まぶ)しげに空を見上げた。

「ねえ。涼真。今年はさ。三社祭(さんじゃまつり)、見られるかな」

隣でソフトクリームを舐めながら、美緒が聞いてきた。

浅草寺に来たら常設屋台の、二色のソフトクリームとラムネ。

それが彼女の定番のようだ。

「そうだなあ」

去年は初詣で浅草寺に来た。そのときも三社の話になったが、お互いの都合で来られなかった。美緒は新入社員研修があり、涼真は巡査部長昇任試験があったからだ。

今年はと言えば、まず初詣がなかった。

これはひとえに、涼真の方の都合に拠る。南千住に捜査本部が立ったからだ。

だから、そうだなあ、と答えるだけで、その後に続く確実な答えを涼真は持たなかった。

前年九月、巡査部長昇任に伴い、涼真は晴れて本庁勤めとなった。

警視庁刑事部刑事総務課刑事特別捜査係。それが涼真の新しい職場だった。上司は父であり警部補である日向英生ただ一人の、二人だけの部署だ。

それから、幾つかの捜査本部に二人で関わった。関わるときは常に、日向とセットだった。

ただ、刑事指導係と兼任の日向には、捜査係専任の涼真には関係のない、指導係としての仕事もあった。

なら、日向がそちらに掛かっているとき、涼真は暇かと言えば当然、そんなことは有り得ない。

日向の意向もあり、上司不在の折には部の垣根を越え、涼真は組織犯罪対策部暴力団対策課広域暴力団対策第二係、あるいは生活安全部保安課査察係に手伝いとして〈出向〉させられた。

なんでも、係長が二人とも日向の同期なのだという。

通常であれば有り得ないところだが、どちらの部長にも課長にも、

——まあ、堅いことは言いっこ無しで。

というひと言で通したらしい。

通したのが誰かは不明だが、警部補の日向でないことは明らかだ。

——なんだっていいや。覚えることたぁ、どこに回ったっていくらでもあるぜ。いや、突き詰めれば一つかな。知恵と力と正義と覚悟。警視庁内のどこに行っても、染み透ってるってことを肌で感じてこい。覚えて来い。それがな、捜査の最後で刑事が振り絞る、勇気の源になるってもんだ。

もっともらしくも聞こえるが、要はただで遊ばせてなど、おくわけもないということだろう。

少数精鋭という名の経費節減こそ、知恵と力と正義と覚悟と同じくらいに、警視庁の中に染み透っていることなら、すでに涼真も〈肌で感じ〉ていた。

そんな状況と職場環境で、三社祭に行けると断言するのはなんとも、知恵と力と正

義は別にして覚悟はいる。

なので、そんなことを口にする勇気は出るわけもないという話になる。

日向の言うことは、ある意味では正しいと知る。

「行けたらいいね」

これが精一杯だ。

「そっか。別にいいよ。言ってみただけだから」

美緒は涼真の腕に自分の肩を凭せ掛け、ソフトクリームを舐めた。

先週はただ会いたくて行った青戸のマンションで、掃除洗濯など、思えば美緒にいいように使われた気もしないでもないが、美緒からは帰り際に、

「今度さ。ちゃんとお礼はするからね」

と言われた。

付き合いも一年半を過ぎると、なんとなくわかった。

この日の昼食は美緒の自宅マンションで、前日から仕込んでいたという美緒の手料理を振る舞われた。

茄子とエビのエスニック風サラダ、亡くなったお母さん仕込みだというタレに漬け込んだ鶏チャーシュー、合挽き肉のミートボール、ほうれん草とベーコンのキッシュ。

〈掃除洗濯〉に〈料理〉も手伝って少し遅めの昼食を摂り、腹ごなしも兼ねて浅草に

出るべく、ペダルを踏んだ。

涼真だけではない。美緒も同種のロードバイクだった。

仕事が忙しく、運動不足を嘆く美緒に自転車を勧めたところ、興味を示した。

色々吟味し、去年のクリスマスに美緒の自転車を買った。

もちろん、涼真からのクリスマス・プレゼントということになる。

購入したのは、コーポレートカラーである〈チェレステ〉も目にも眩しい、ビアンキの初心者向けの一台だった。

〈チェレステ〉は、ミラノの空であったり、マルゲリータ王妃の瞳、イタリア陸軍の戦車などと由来にいくつもの説がある色だが、日本人の目にはおそらく、〈柔らかい緑〉として認識されるだろう。

涼真が乗るジオスも、その蒼天(そうてん)色が〈ジオス・ブルー〉という名でイタリアの色見本帳に載るほど鮮やかで、綺麗(きれい)なロードバイクだった。

ただし、涼真の愛車の場合は、車体のトップチューブに貼り付けた、〈私物〉の二文字を除けば、ということにはなる。

いずれにせよ、新緑と蒼天の色彩を持った二台の並びが、涼真には面映(おもは)ゆく、それ以上に誇らしかった。

購入後はなんとなく、ツーリングがデートの主な目的になった。冬場は気温や路面状態もあり、日中に青戸近辺の短い距離を、ゆっくり時間を掛けて回るだけだったが、かえって美緒がドロップハンドルの自転車に慣れるにはちょうど良かったかもしれない。

この日の浅草までのルートもその頃から使った、涼真たちにとっては勝手知ったる道だった。寄り道をしたり、交通量の多い国道を避けたりしても五キロほどの道程になる。

ソフトクリームとラムネを堪能し、夕暮れ間近になって青戸に戻った。

残照の中で到着し、シャワーを借りて少し仮眠を取り、昼食の残りを〈魔法の粉〉、カレー粉で煮て米を炊き、味噌汁を作る。

それでまったりとした、いい休日の出来上がりだった。刑事特別捜査係に配属になってからの涼真にとっては、滅多にないと言うか、罰が当たりそうな穏やかさだ。

「そう言えば、美緒のビアンキのバーテープだけど」

食後のコーヒーを飲みながら、ふと思い出したことを涼真は口にした。

美緒の自転車を運び込んだとき、ハンドルバーに巻かれたテープが変わっていることに気付いた。

色は黒で変わらないが、素材がポリウレタンからスウェードに代わっていた。

「変えたんだね。気付かなかった」

「あ、そうそう。先週ね。お母様が贈ってくださったの。お揃いよって添えてあったけど、この前のときのさ、あれって、実現したのかな？」

「さあ。俺は知らないけど。——ふうん」

母・月形明子の、この前のときのあれ、に涼真は思いを馳せてみた。

美緒が初めて荒川サイクリングロード、荒サイに乗り出した日のことだった。梅の花が咲く頃だ。

荒川サイクリングロードは名称自体が通称で、東京都や埼玉県の沿岸自治体によって管理されているサイクリングコースと、国交省による河川管理道路の総称だった。決まった起点や終点はないが、一般的には江東区の新砂リバーステーションから埼玉県の国営武蔵丘陵森林公園までの、全長約八十キロから九十キロメートルを以て、荒川サイクリングロード、略称荒サイとして愛好者の間で定着した。

美緒はその日、片道五十キロメートル、往復で百キロメートルのロングライドに荒サイで挑戦し、見事に完走した。

その帰り道のことだった。

夕焼けの中を、美緒の疲労度に注意しながら青戸に戻った。

すると、マンションの近くに見慣れない、黒塗りの高級セダンが停まっていた。

見慣れはしないが、涼真には一目でどういう車かわかった。警視庁幹部の公用車だ。

誰の乗る車かは言わずもがなで、一目瞭然だった。

涼真たちが寄って行くと、運転席から公用車付きの係員が降り、後部座席のドアを開けた。

降りてきたのはやはり、明子だった。

凛(りん)とした制服姿なのは職務履行中の証(あかし)で、どこかの会合に出席の行き、あるいは帰りか。そういうときに呼ぶなら、月形交通部長ということになるが、こちらは非番なのでそんな呼び方は金輪際しない。

――田代(たしろ)。

――今宮(いまみや)です。

――なんでもいいわ。持ってきて。

――はっ。

涼真たちにはすでに何度も聞いた馴染みの遣(や)り取(と)りが交わされ、今宮が公用車のトランクから取り出したのは、パンジーの艶(あで)やかな花束だった。

今宮から受け取った明子は、それを美緒に差し出し微笑(ほほえ)んだ。

――おめでとう。誕生日でしょ。

――わあ。お母様。有り難うございます。

どこでどう調べたものか。

これは誕生日の話ではなく、涼真たちがこの日デートで、ロングライドに挑戦して、こんな時間に戻ること。

いや、この母なら調べるも何も、留守の間にやって来て、何時間も待っていたのかもしれない。

その揺るがない情念の強さには感心しなくもないが、付き合わされたのだとしたら、今宮係員には同情を禁じ得ない。

（ご愁傷さまです）

心中で頭を下げる。

そんな涼真の思いをよそに、明子は二台のロードバイクをしげしげと眺めた。

——いいわね。私も乗ろうかしら。

——最近、流行りだよ。健康にもいいし。

思わず涼真はそんなことを口にした。興味を示した者には取り敢えず勧める。

これは、自転車愛好家を標榜する者の性というものだ。

——赤が好きなんだけど、知ってたら教えてもらおうかしら。

——赤？　どこでもあると思うけど、そうだね。スコットとか、トレックとか。

——国は？　どこのメーカーかしら。

——えっと。たしかスイスとアメリカ、だったかな。

──そう。ちなみに、色に関係なく国産って言ったら？

少しだけ考え、涼真はヨネックスと答えた。少し値は張るが、カーボネックスのロードバイクは、出始めの頃から気になっていたからだ。

──そう。覚えておくわ。

──あ、本当に買うんなら、そのうちどこかにツーリングにでも行こうか。

──そう。それも覚えておくわ。

この一連が、この前のときのあれ、だ。

何気ない会話だったが、母は有言実行の人だったということを改めて思う。

その結果がどうやら現在の、美緒のビアンキのバーテープに直結しているということらしかった。

「何かさ。お母様にお返ししなきゃと思うんだけど」

美緒が立ち、二杯目のコーヒーを淹れてくれた。

「要らない要らない。会ったときにお礼を口にすれば十分。そういう人だから」

実際、社会人一年目の美緒と明子では、収入が違う。その都度の返礼などを考え始めたら、美緒の生活が成り立たなくなるかもしれない。

なんといっても明子は、後先見ずの猪突猛進の、厄介な有言実行型人間だ。

「ああ。涼真。お母様の話で思い出したけど。そう言えばさ。先週はお父さんのところに寄ったんでしょ」

キッチンで夕食の後片付けをしながら、美緒が言った。

少し眠そうな声だった。

「喜んでくれた？」

「どうだろう。驚いてくれた、かな。でも炒り子の味噌汁は、美味いって言ってた」

「そう。良かったわね」

「――うん」

洗い物を片付けると、十一時過ぎになった。

帰り支度を始め、玄関から出ようとするとスマホが鳴った。

液晶に浮かぶ番号と名前は、涼真にはもう見慣れたものだった。暗唱も出来る。

「噂(うわさ)をすれば、だ」

「誰？」

「オヤジ。いや」

日向主任、と涼真は言った。

「主任？　ああ。お仕事の、モードの方ね」

言いながら、美緒は愛らしく、小さな欠伸(あくび)を見せた。

お休みと言って笑い掛け、涼真は玄関の外に出て、スマホを通話にした。

三

ロードバイクにまたがるまでの日向との会話で、用件はすべて聞いた。

――明日は登庁しなくていいぞ。

それが日向の第一声だった。

――ま、休みってわけじゃねえけどな。

そんなことはわかっている。わかっていることは聞かずに流す。黙っていれば話が繋(つな)がる。

半年も相棒を務めていれば、その辺のリズムは摑(つか)んでいる。

おそらく、親子以上に。

――今晩中にな、湾岸署に帳場が立つんだってよ。

帳場、捜査本部、つまり事件が起こったということだ。

立ってからでいいってよ、と日向は続けて欠伸混じりに言った。

実際、寝ているところを起こされたのだと思われる。佐々岡(ささおか)刑事部長その人か、部長室別室の秘書官辺りからだろう。

刑事特別捜査係は、刑事部長の特命で動く部署だ。

事件のあらましとしては、この日の夕刻、豊洲（とよす）運河の船着き場付近で、岸から夕まずめを狙った釣り人のグループが、豊洲運河に合流する汐浜（しおはま）運河方面から漂い流れくる〈異物〉を見咎め、半信半疑ながら溺死体ではないかと思ったらしい。

そんな一一〇番通報が十七時十分に通信指令センターにあり、湾岸警察署水上安全課の豊洲運河水上派出所から警察用船舶、通称警備艇の、〈視9 しおかぜ〉が出艇し、臨場したという。

湾岸警察署は旧水上警察署を引き継ぎ、臨海地区を包括的に管轄すべく誕生した警察署で、水上においての管轄区域は広い。

東京港の海面を中心に、これに流入する隅田川の白鬚（しらひげ）橋以南、荒川の船堀橋以南、

多摩川の大師橋以南、などの河川の一部も管区になる。

加えて、警視庁で唯一警備艇を保有している関係上、管轄外からの派遣要請も多く、

警備艇の活動は実に八方面、三十署にも及ぶ広範囲だ。

通報があった付近に到着した〈しおかぜ〉は、当然、すぐに捜索を開始した。

ただ、水上という難しさがここにはある。河川にしろ港湾にしろ、波もあって流れもある。

つまり〈異物〉は、動くのだ。

到着した場所は現場ではなく、通報のあった付近、通報者が最初に〈異物〉を見掛

けた辺り、でしかない。

警備艇員はそれから流れに従い、至急と細心を心掛けつつ、自分達の目で〈異物〉を発見するべく捜索を始めることになる。

〈異物〉がもし溺死体だった場合を考えると、もたもたしていると沈む場合もあり、だからと言って雑に急ぐと、船体に当てたりスクリューに巻き込んだりして、死体を損傷する場合もある。至急と細心はこの場合、相反する行動規範ではなく、それでワンパッケージになる。

つまり、厄介だ。

それでもすぐに、警備艇員は長年の勘と経験に拠って、下流に〈異物〉らしきものは発見したようだ。少し大きな白っぽいウキのようなもので、波間に浮沈を繰り返しながら漂い流れていたという。

〈しおかぜ〉が付近に到着したのは十七時三十七分で、この日の日没時間は十七時五十八分だった。辺り一帯にはもう黄昏（たそがれ）が迫っていた。捜索には、すでに投光器が必要な時間帯だった。

投光器の明かりの中、双眼鏡で確認したところ、ウキからは繋がった足、背中が水面下ギリギリに見て取れた。ウキはスニーカーの靴底の、白いクッション部分だった。

おそらく溺死体で間違いないだろうということで、そこからは遺体回収作業の手順に入ったようだ。

ただ、暮れてからの捜索はやはり大変で、一時見失うなどもあったと聞いた。

が、これも警備艇員の勘と経験に拠り、それから約一時間後に、朝凪(あさなぎ)橋の橋脚に引っ掛かっているのを発見、無事、確保に至ったという。

遺体収納袋に入れ豊洲運河水上派出所に引き上げ、運河上からの報告で本庁からすでに出張っていた捜一の庶務担、庶務担当管理官の確認を受けた。

その際、胸部に正面から背中まで抜ける明らかな刺創が認められたらしい。

湾岸署の鑑識が入り、その後、遺体はすみやかに司法解剖へ回された。

そして、以上の一連により、帳場、事件の捜査本部が今晩中に、所轄である湾岸警察署に設置される。

——ってえ、ことだ。いいかい?

「了解です」

——じゃあな。

細かくは聞かない。聞き返しも、あったとして最低限を心掛ける。

初動の、しかも又聞きに、多くのことを求めるのは無謀というものだ。

本格的な捜査が待たれる以上、何を話しどんな疑問を抱こうと、それらはすべて勝手な私見であり、方向すら定まらない予断でしかない。

美緒の青戸のマンションを出、聞いた内容を反芻しながらロードバイクを走らせる。

私見や予断は要らないが、確認は必要だ。聞いたことの一つ一つを頭に叩き込む。

夜の道をライトを点灯させて目指すのは待機寮だが、ということはイコール、ほぼ今事件の帳場に向かうということでもある。

（滅多にないまったりの後は、やっぱり罰かな。帳場が湾岸署に立つってことは、どうにも、いつも以上に公私がない生活になりそうだな）

待機寮が湾岸署の上というのはこの場合、便利というか厄介というか。

ロードバイクに貼った〈私物〉の紙が、その理由を端的に表す。

本物の〈私物〉であるロードバイクは湾岸署刑事組織犯罪対策課、俗称刑事課に勤務当時、紙を貼ったことにより、〈私物号〉という名前の自転車として、かえって広く署内に認知された。

結果、それだけだった。

涼真のロードバイクは、〈私物号〉として〈公務の場〉で重宝された。扱いはいわゆる、〈白チャリ〉も同然だった。

二十三区内で一番広い面積を管轄するにも拘らず中規模署の人員で、お台場などの一大観光スポットの安全を確保するにはなにより、機動力が大事だった。

――おい。月形。＊＊＊で傷害事件だ。〈私物号〉で大至急。

——＋＋ビルで酔っ払いが刃物振り回してる。月形、〈私物号〉で地域課と交通課の連中に合流。大至急。

——なあ、月形。ちょっとそこまでなんだが、〈私物号〉で行ってきてくれないか。言わずもがなだと思うが、大至急。

よく当時の上司や先輩らに、そんな指示を普通に受けたものだ。

たしかに、ひとたび事件が発生すれば何日も自宅に帰ることが出来ない刑事にとって、公私混同は言わば、宿命のようなものではある。

が、特に係長の上川(かみかわ)には、本人は親切心からだというが、〈私物号〉にパトライトを装備されそうになった過去もある。

決して悪いことばかりではないが、つまりは、いいことばかりのわけもない。

パトライトをくるくる回しながら、荒サイや〈たまリバー〉は走れないし、走りたくもない。

海からの風はあったが、特になんの問題もなく涼真は青海(あおみ)に辿り着いた。

時計を見れば、帳場兼待機寮である東京湾岸署の建物に到着兼帰宅したのは、日付も変わった二十八日の、午前零時半頃のことだった。

小波(さざなみ)の音だけがあり、その奥に東京国際クルーズターミナルの柔らかな明かりが見えた。

総じて穏やかで、静かだ。

涼真はすぐには部屋に向かわず、〈裏〉から〈表〉に自転車を走らせた。

〈表〉、つまり湾岸署の正面側に回り込む交差点で自転車を降り、見上げるようにして歩く。

捜査本部が出来るのは間違いなく大会議室で、それは湾岸署の場合、階段で上がった三階の一番奥だった。

その辺りの窓には、煌々（こうこう）と明かりが灯（とも）っていた。

時間的に、すでに第一回捜査会議と称して、顔合わせが始まった頃だろう。そうだとすれば、捜査本部に戒名が付くのはもう少し後か。考えたところで、玄関先からではそんな様子はわからない。

それにしても、捜査員だけでなく、職員もPCや机、椅子の設置、レンタル備品の手配と、後方支援に大わらわだろう。

そもそも湾岸署には、警視庁管轄の内で最大の、百九十二人を収容出来る留置場や女子専用留置場があり、留置人を隔離する留置保護室も六室が整備され、すべては二十四時間対応だ。

すぐ近くには超高層マンション群も聳（そび）え、お台場を始めとする一大観光地も控え、それらの防犯・治安維持活動にも息をつく暇はない。

警視庁管内の全署が都民の安全を守って眠らないのは勿論だが、湾岸警察署は署内の色々な部署が、こぞって一番眠らない署ではある。

ということはつまり、裏を返せば眠らないことに慣れている警察署ということでもある。

（それでもみんな、必死だろうな）

などと思うが、思うだけで敷地にすら踏み込まない。そこで終わりだ。

今捜査本部に顔を出しても、涼真に出来ることはない。させてももらえないだろう。

なぜなら、〈役割〉がまだ割り振られていないからだ。

いみじくも、本庁刑事特別捜査係に配属になって間もなくの頃、日向に言われたことがある。

――俺達はよ。ただの応援じゃねえんだ。たったのワンペア、二人だぜ。それならわざわざ本庁から出向かなくたって、隣の署から貸し借りすればいい。どこも一杯一杯ったって、たかが二人くれえ、融通出来ねえなんてことは有り得ねえ。俺らが行くのはよ、捜査に捻りを加えるためだ。特捜ってのは、普通と同じじゃねえんだ。だからそもそも論でよ、俺らぁ、一緒に始めて、一緒に悩んで、そんで一緒にご苦労さんってえ、普通の捜査員にゃなれねえってことさ。普通と同じじゃ、つまらねえってことさ。

言い得て妙だと、捜査本部をいくつか経験してすぐに納得出来た。

独立性、独自性、機動性、機能性。

求められるものが本筋でないわりに、向けられる視線や当たりは強い。

軽視、敵視、坐視、黙視、そして無視。

かえって闘志が湧いた。

望むところだった。

警察庁キャリアである母・明子を取り巻く様々な人の思惑を浴びるようにして育ってきた。

いい大人たちの裏表と掌返し、境界線をリアルに見つつ生きてきた。

感情のコントロール。頭脳の集中と弛緩。全体として、心身におけるオンとオフ。

その思い、その願い、その努力。

反面教師、我が振り直す、襟を正す。

これは今に始まったことではなく、涼真の生きる指針、あるいは生き方そのものだったかもしれない。

「明日から、よろしく」

それだけを呟き、涼真はロードバイクのサドルを跨いだ。

四

目を閉じればすぐに眠れる。これは涼真の特技の一つかもしれない。

一時半過ぎに横になり、七時にセットしたアラームを六時過ぎに目覚めて解除する。

この段階でもう、カーテンの隙間からは朝の光が眩しいほどに差し込んでいた。

深夜からの入眠だった分、普段より少し覚醒は鈍い気はしたが、体力は問題なく回復していた。

――若いってのはいいな。けどよ、月形。若さを過信すると無謀に走る。走ることが出来る体力を過信する。若さで走れるなぁ、実はわずかな距離なんだがな。

日向はそんなことを言うが、今のところはわからない。

いや、わからないでいい、と思う。

いずれわかる、と言った日向本人も補足する。

――まあ、突っ走る奴のケツ持ちをすんのが、ロートルの役割だ。五月蠅ぇことというかもしんねえけどよ。聞いとけな。今のうちだ。そのうち勝手に黙るからよ。勝手に黙って、果てにゃあ自分のケツだって拭けなくなんだ。けっ。歳取るってなぁ、やだねぇ。

などと最後は繰り言になることも多いが、全体としては日向なりの、これは〈指導〉なのだろう。

なので、勝手に黙るまでは有り難く拝聴すると、これは涼真が常日頃から心掛けていることだ。

「さてっと」

朝陽を浴び、しっかりとした朝食を摂り、待機寮を出る。

それが、七時ちょうどのことだった。

湾岸署のエントランス前には、大きく張り出したキャノピーの下に立番の警察官の姿はあったが、まだテレビカメラや記者の類は誰もいなかった。

この朝の捜査会議後に、警視庁本庁舎内の第一方面本部からの発出で、記者クラブに正式な広報文を発表することになっていると涼真は日向に聞いていた。

その後の具体的な対応ということになると、それは捜査本部の取り扱いで、湾岸署副署長の米井明正（よねいあきまさ）警視がする予定らしい。

立番の警官と挨拶を交わし、涼真は正面から堂々と入った。

この朝からはそうすることが、涼真にとっての出勤になる。

入ってすぐの交通課に二人の課員がいた。馴染みの顔だった。どちらも年次的には先輩だった。

「お早うございます。暫くの間、またお世話になります」

「ん？　おっ。月形じゃないか」

「ああ。捜査本部に呼ばれたのか」

しっかりな、と揃った声に送られ、そのまま階段を三階まで上がる。

長い廊下を右手に向かえば、遠くに左向きの矢印だけが書かれた案内スタンドが見えた。そこが大会議室の入り口だ。

躊躇うことなく、開け放されたドアの中に一礼してから足を踏み入れる。

この半年の間に何度、本庁からの特捜係として、そうして〈捜査本部の敷居〉をまたいだことだろう。

涼真にとってはある意味、ジンクスに近いかもしれない。

そうして踏み込んだ捜査本部で、解決しなかった事件は今のところ皆無だ。

涼真が入った入り口は、大会議室の最後方だった。

扉の内側に、縦長の模造紙が張ってあった。

〈汐浜運河浮遊殺人事件〉

それがこの事件の〈戒名〉のようだ。

面白くはないが、端的ではあった。

それから、涼真はひと渡り、会議室内を見渡した。

会場の広さと配置された長机や機材の数で、いつのまにか大体の陣容はわかるようになった。

恐らくこの捜査本部は、主要な捜査員で二十人あまり、その他の職員や手伝いで十人あまり、総勢三十人から四十人の〈所帯〉だ。

左右に長机が整えられ、その真ん中を割るように通路が正面、ひな壇と呼ばれる場所まで一直線に出来上がっていた。

ひな壇は、捜査の指揮を執る面々の動かざる居場所だ。

そのひな壇の向かって右脇に、二基のホワイトボードが設置されていた。

そのうちの、ひな壇に近い方のホワイトボードを覆うように貼られた、近隣の拡大地図がやけに印象的だった。カラーコピーの貼り合わせだろうが、縦横共にB0サイズを優に超えるだろう。なかなか、余所(よそ)では見ない大きさだった。

水上派出所絡みの他殺体となると、まず犯行現場の特定すらが厄介だ。陸上管轄ではなく水上管轄を網羅し、実際の会議に使おうと思えば、そういう大きさになるのだろう。

もう一基のボードにはマル害の写真が掲出されていたが、地図に比べるとやけに小さく、頼りなく見えた。

それがかえって、死というものを生々しく、強く意識させた。

遺体の顔と全身の写真は、〈しおかぜ〉の甲板で撮られたものか。

頭皮に張り付くような薄い髪、緩んだ頬、軽肥満。

マル害の今のところの印象は、そんなものだった。むしろ、セーブしてそのくらいに留めておく。

大会議室内ではこの時間、三人が陽の差す窓際で立ち話をし、二人が長机に伏すようにして思い思いの場所で眠っていた。

一度でも会ったことのある人物なら、たいがいは見れば思い出す。刑事の鉄則だと警察学校時代に叩き込まれたからだ。その当時から得意でもあり、成績も良かった。同期でこの能力に関する限り、涼真の成績を上回るのは、殺された中嶋健一、ただ一人だ。

寝ているのは二人とも捜一の刑事で、それだけで担当する班は分かった。椎名光広係長が率いる、第四強行犯捜査殺人犯捜査第三係だった。

「よう。月形」

まず、窓辺から目敏く月形の姿を認め、右手を上げる男がいた。

こちらは、声だけで誰かはわかった。湾岸署時代の上司、清水刑事課長だ。

黒く四角いセルロイドフレームの眼鏡を掛けた清水は、今年でちょうど五十歳になる警部だ。署長や副署長に言わせれば、〈ドリフの仲本〉ということになる。

その当時はよくわからなかったが、あるとき、ドリフターズの画像を見せられて驚いた記憶はあった。

顔立ちだけでなく体形から何から、清水はある時期の仲本工事に、言われればたしかにそっくりだった。

「課長。ご無沙汰です」

「ああ。本当にな」

器械体操やお笑いの能力は知らないが、清水は調整能力に長けた警部で、署内にとどまらず、他の所轄や本庁との交渉事も場合に拠っては署長の代理で参加することがあったようだ。それで、あまり課長席に姿を見なかった。涼真が異動になる日も署内にいなかった気がする。

「おう、月形。ご苦労さん」

窓際に涼真が近付くと、待ち構えていたかのように清水の奥から手が上がった。

涼真の〈私物号〉へパトライト設置を計画した男、湾岸署刑事課強行犯係長の上川義明警部補だ。年齢は、年度が替われば四十七歳になるはずだ。

「係長こそ、お疲れさまです。少しは寝ましたか?」

「なぁに。ひと晩くらいでヘタってたらよ。湾岸署の刑事はやってられないからな。なあ――」

班長、と振られた男が窓際の三人目、上川と同じ刑事課の鑑識の赤井（あかい）だった。歳はたしか、清水課長と同じだったか。

班長がこの時間からいるなら、数少ない鑑識係からも数人が捜査本部に参加するということだろう。

「班長も徹夜ですか？」

一礼してから、聞いてみた。赤井はゆっくりと首を振った。

「いいや。徹夜したのは主任だ。俺はこの朝からだよ。もっとも、呼び出しは少し早かったがな。六時前に電話が掛かってきた。手伝えとよ。まあ、捜査自体、本格的にはこれからだからな」

「そうですか。——いえ、そうですよね」

涼真は頷（うなず）いた。

「で、何がわかってるんです？」

三人全員を視野に収め、聞いてみた。

捜査の本腰はこれからでも、機捜は動く。所轄も動く。捜査本部設置後は捜一も合流して動く。

すでにこれまでに各個の動きで、個別に判明していることはあるだろう。

夜のうちに一回目の捜査会議は終わっているのだ。

特捜係として捜査に組み込まれる以上、乗り遅れるわけにはいかない。

「大してない。夜のうちにウラが取れたのは、マル害の素性（すじょう）くらいだ」

答えたのは上川だ。

少し懐かしい感じがした。

刑事として、その上司と部下として、約半年前まで同じ事件を追っていた関係性が蘇（よみがえ）る感じだ。

「ああ。でも素性はわかったんですね。大事じゃないですか」

「大事って言うか、基本だけどな。所持品はスマホとミニ財布のみ。このミニ財布って、最近の流行りなんだってな」

「ああ。そうですね」

「スマホは水没ですぐには使い物にならないってんで、本庁の鑑識に。それにしても、最近は電子マネーでモバイル決済が多いからな。それで財布もミニだってな。スマホが水没だと、昔は所持品に見えてたものが全部見えなくなる。デジタルの不自由は、この辺にもあるな」

財布内には、運転免許などの身分証明書は入っていなかったという。ただ、カードが何枚か入っていたようだ。

コンビニ系のポイントカード数種類と、エンターテインメントソフトのレンタルチェーンの会員証。

「それで、素性だけは判明してな。マル害の家に連絡は入れられたって話だ。取り敢えず、妻から夫の不在は確認が取れたってよ。まあ、写真での確認とかはこれかららしいが。歳は五十八歳で、名前は、ええと、なんて言ったかな」

上川は上着のポケットから手帳を取り出し、ページをめくった。

寺本敬紀。

それがマル害の名前らしい。

話しているうちに、長机の二人が目を覚ましていた。軽く会釈した。

そのまま、七時五十分を過ぎると次第に捜査員が集まってきた。

最初に現れたのは湾岸署で元涼真の相棒だった村瀬巡査部長だが、捜一の面々も順次姿を現した。寝ていた二人を合わせて総勢八人。その二人以外に、涼真が見知った顔は一人しかいなかった。

霧島圭吾巡査部長だ。

霧島は涼真より二歳歳上で、椎名係長の下、次代のエースと目される男だった。そろそろ警部補への昇任試験を受けるとも聞く。それだけ優秀ということだ。

ある意味、霧島は目標だと涼真は思っている。日向にも、思え、思って追い越せ、と言われている。

ただ面白がって、焚き付けられているだけかもしれないが。

捜査会議の直前ということもあってか、霧島とは互いに会釈だけを交わした。

全員がそれぞれの席に着き始める。

第一回会議で担当と相棒の割り振りも着席する場所も、それでもう定まっているとわかった。

捜一と湾岸署で十六人、八班。そこに赤井たち湾岸署の鑑識が二班ないし三班。合計で十一班は、捜査本部の体制としてまず手頃だろう。

捜査員に続いて赤井たち鑑識が空いている席に座り、最後に涼真が座った。センター通路に接した左の机の、最後列だ。

それぞれの席で組ごとに朝イチの会話が始まったようで、会議室が少しざわついた。

――思ったんだが。

――あれから考えたんだが。

いいことだ。捜査会議の始まりを肌で感じる。全身に浴びる。

こういう場に日向がいたら、何を言うだろうか。

と、思うことも聞かれることも多いが、この日もおそらく、会議前に日向は来ない。

特に明確な目的があるとき以外、来た例もない。

定番というか、これも特捜係の一つのジンクスと言っていいだろう。

日向は来ないということを前提に特捜係が参加し、解決を見なかった事件は今のところ皆無だ。

やがて、時刻が八時を大きく回って、署長の杉谷が会議室に入ってきた。

その後に続くのが捜査本部の総責任者ともいうべき管理官の中村恭二で、最後尾が陣頭指揮を執る、殺人犯捜査第三係長の椎名光広警部だ。椎名は腕に、分厚い紙の束を抱えていた。

ひな壇に向かう三人を、全員が席を立って迎える。

最後列の涼真の脇を通る際、杉谷が涼真の肩を叩いて過ぎた。

「久し振りだな」

そう声を掛けてきたのは、次に続く中村だった。

「この捜査会議は第二回だ。グズグズするなよ。わかってるな」

これは椎名の言葉だ。

三人それぞれとの顔合わせを一つにまとめ、はい、と敬礼とともに、涼真は声を張った。

ひな壇に三人が上る。

中心に座るのは総責任者の中村だ。向かって右に杉谷署長、左に椎名係長を従える。

「それでは捜査会議を始める」

やおら、辺りを睥睨(へいげい)するように見て、中村が宣言した。

マイクは備え付けられていたが、中村は使わなかった。

腹から練り上げるような声を張った。

それだけで、会議室全体の空気が締まる。

一瞬の静寂。

涼真も背を伸ばし、ひな壇に意識を集中した。

五

捜査会議に先立つ挨拶はなかった。夜のうちに行われた第一回の捜査会議で、それはもう済んでいるということだろう。

刑事部長の佐々岡晃(あきら)は臨席して、また一同の士気を鼓舞する訓辞を与えたのだろうか。捜査一課長の大野一学(おおのいちがく)は間違いなく来て、捜査員全員に発破を掛けたはずだ。のほほんとした杉谷署長は、ほんわかとした挨拶をしたことだろう。

中村管理官の宣言から、会議はすぐに椎名係長の手に移り、指名された一人が捜査員側の最前列から立ち上がった。

先ほど机に伏していた、捜一の奈波啓介(ななみけいすけ)巡査部長だ。年齢は四十八歳で、椎名係長の信任も厚い。

その奈波が説明するのは、これまでに判明したマル害である寺本の人定だった。

寺本敬紀、満五十八歳、上板橋二丁目在住、持ち家、東京都立新柴又中学校校長。

家族構成は妻・朝子と二人の子供。その他は、現在上板橋に向かっている鑑取り班の捜査員が聞き取り後、そのアリバイも含めて確認を行う。

誰にも聞き洩らしのないようにか、奈波は声を張った。

「ただ、最初の電話で聞いたところに拠れば、マル害は土曜の晩、六時半頃になってふいに、会合に出ると言って家を出てそのまま帰らなかったそうです」

「会合？　なんのだ」

椎名が聞く。

「聞けなかったと聞いています。電話ですし、妻の動揺が激しかったようで」

「そうか。他には」

「はい」

勤務先の中学校とは今朝の六時過ぎになって、ようやく連絡が取れたという。

それで副校長以下、近在の主幹教諭や学年主任などに集まってもらい、この後で動く別の鑑取り班が話を聞くことになっているらしい。

「担当は誰だ」

椎名の問いに、はい、と霧島と湾岸署の佐藤健太郎巡査が手を上げ、代表して霧島が立った。

「学校は今、春休み中で通常授業はありません。クラブ活動などで登校する生徒は一割程度いるようですが、これは事件性を騒ぎ立てられるのは困るという学校側の意向を今日のところは汲んでそのままにしました」

霧島が言うと、椎名は頷いた。

「賢明だ。今の段階でことさらに騒ぎ立てる必要はないだろう。それで、死亡を伝えたときの学校側の反応はどうだった」

「当然ですが、驚いていました。少し厳しいところはあったが、教育熱心ないい校長だったと、そんな印象を聞いています」

「そうか。まあ、死んだらみんな仏だ。悪いことはあまり言わんだろう。最初はな」

霧島は無言で頷いた。この辺は、椎名と霧島の呼吸だろう。

「揺すって叩いて来い。どんなに小さな埃も見逃すな」

「はい」

「次っ」

霧島は着席し、立ったまま待機していた奈波が後を継いだ。

司法解剖の結果はまだだが、胸部の刺創が致命傷かと思われる、と。

「それから、これも司法解剖の結果次第にはなりますが、マル害が家を出てからの経過時間を考慮すると、遺体が運河を浮遊していたのは腐敗ガスの発生によるものではないと思われます」

「なら、なんだ」

「即死だと推定すれば、水中で肺の空気が失われなかったこと、着衣と身体の間の空気層が奪われなかったこと。それとは別に、マル害が浮力を得やすい軽肥満であったこと。以上の三点が理由ではないかと」

「鑑識。どうか」

椎名の質問は早かった。

こういうふとした瞬間にも、捜一係長の〈キレ〉は隠れもない。

「鑑識も同意見です」

赤井が立って声を張った。

「鑑識から、このまま失礼します。マル害の着衣は、濃紺のダウンジャケットに焦げ茶のジョガーパンツ、エアクッションのスニーカー。主に防寒を目的として構成されています。死亡推定時刻は死斑、死後硬直の程度、角膜の汚濁状態、腹部の膨張の程度その他から、二十四時間以内という推定ですが、これは先程のマル害の妻の証言とおおむね一致します」

へえ、と涼真の斜め前方辺りで感嘆が聞こえた。

「つまり、あれか。二十六日土曜の午後六時半以降、ってことで、そっから桃太郎みたいに、運河をドンブラコ、ドンブラコってか。よくもまあ、そんなに長く見つからなかったもんだ」

湾岸署の柏田巡査だった。

「それは、着衣が上下ともにあまり目立たない色で、スニーカーに至ってもグレーの、流行りのワンカラーだったらしい。そう主任からは聞いている」

赤井が身体を捻って、斜め後ろに答える格好になった。

「おい。所轄。何かあるなら挙手しろ」

椎名の一喝に、うへっと言って柏田は首を竦めた。

「鑑識。お前もだ」

椎名は赤井にも釘を刺した。

「はっ。申し訳ありません」

赤井は正面に向き直り、威儀を正した。

「最後に、現在遺体は司法解剖に回ってますが、長く水に浸かっていたことを考慮すると、死亡推定時刻は曖昧にならざるを得ません。解剖の主眼はおそらく、死因の確定のみになると思われます」

「わかった。――他には誰か」

赤井が座った後、椎名は広く会議室を見回した。

手を上げる者はいなかった。

奈波が引き取り、

「殺害の現場は未確定です」

とだけ言って着席した。

「なら、これからのことに移る。鑑取り班地取り班の割り振りは昨日通りだ。加えて、今日からは所轄の鑑識も地取り班に入る。いずれバランスは取るが、班長、いいな」

椎名の確認に、赤井はその場で返事だけを返した。

「とにかく、急がれるのは現場の特定だ。地取り班はまず、死体発見場所から遡って、運河沿いの防犯カメラ映像の回収だ。いつにもまして地道な努力は必要になるぞ。聞き込みも必要だが、取り敢えず川沿いの防犯カメラは、必要なら民間からでも片っ端から借り出して来い。照会書はこの通り、署長に用意してもらった」

椎名は机に置いた、例の紙の束に掌を置いた。

捜査関係事項照会書、つまり、〈お願い書〉の束だ。正式な運用方法は〈送付〉だが、一般家庭や個人商店、町工場などへは、ときに手渡しが有効で便利だった。

「どんどん使え。使った分だけホシに近付くと思え」

――はい。

鑑取り班の揃った返事が、会議室に心地良く響く。

「では、最後に私がまとめる」

挙手から、おもむろに中村管理官が口を開いた。

「顔を知っている者も多いと思うが、今捜査会議から本庁刑事総務課の、特捜の二人が遊班として組み込まれる」

中村の視線を感じた。涼真はその場で立って敬礼をした。

「刑事部刑事総務課刑事特別捜査係、月形涼真巡査部長です」

全体的には見知った顔が大半だが、どこの捜査本部に組み込まれても、誰にも負けない声を伸ばす。

常に第一印象は大事だ。

ハッタリでもいいからまずは咬ませと、これも日向には焚き付け、いや、教えられている。

――月形って、例の交通部長の。

誰かの声が聞こえたが、一人だけだからこそ聞こえただけで、それきりだ。涼真をよく知らない者が多い捜査本部では、この後に〈ザワザワ〉がしばらく続く。

一々それがないだけでも、湾岸署と殺人犯捜査第三係がタッグを組んだ、この捜査本部は有り難い。

「それで、地取り班については、今、椎名係長が指示した通りだが、防犯カメラ班については」

涼真が座るのも待たず、中村管理官は次に進んだ。

「そうだな」

立ち上がって地図の前に向かい、地図を睨み、地図の多方を次々に指した。

「地取り班からのデータを待つ以前に、両国の竪川水門、それに源森川と新小名木川、大島川の各水門には監視カメラがあったはずだ。水門管理センターは、ああ、都の建設局か。調整してデータを提出してもらおう。それを見れば、一番懸念される隅田川が除外出来る。そう、扇橋閘門にもあったな。流れから言って、それで小名木川もたいがいが除外される。あとは竪川の中央流域と大横川、仙台堀川、平久川、汐浜運河、横十間川全域と、北十間川の横十間川との合流までと、それらを繋ぐ掘割一帯が捜索範囲だ。そう、広く取るなら旧中川は範疇だが、そこまで行くと広すぎる。まずは予測と集中だ」

立て板に水の、流れるような言葉の奔流だった。会議前に考えていたのだろうが、それにしても思考はさすがにキャリア、いや、優秀な管理官のものだった。捜査全体に方向性を与え、光を当てるものだ。

——はい。

知らず、防犯カメラ班の声も地取り班に負けじと揃う。

「ただし、司法解剖の結果と水門の監視カメラのデータ次第では、全体の動きは一気に変わる可能性もある。拡大するか、集中されるか。地取り班も防犯カメラ班も、その辺は心得ておくように。柔軟性、心的余裕は常に大事だ」

——はい。

「鑑取りは、マル害の家族関係、職場関係、交友関係。最初は出来るだけ広くだ。出来るだけ広く、しかし散漫にはなるな。集中して集中して、削ぐ。削いで削いで、狭めていく。狭めて狭めて、深く掘る。そのために、まずはイメージの風呂敷を広げる。それが捜査範囲になる。鑑取り班全員の勘と経験に期待する。出来るだけ広くだ。いいな」

——はい。

「よし」

解散、の声が掛かると、捜査本部内に一気に動きが生まれた。

各々の決められた持ち場に——。

それぞれの思うところに——。

湾岸署の上川は会議前に寝ていた捜一のもう一人の粕谷と組み、椎名の質問を振り分けていた奈波は村瀬とコンビになって地取り班か。柏田は涼真の知らない捜一の捜査員と組んで鑑取り班だ。

その他、湾岸署からは同じ刑事課でも担当が強行犯ではない捜査員が、捜一と組んで出てゆく。

掻き集められたのだろう。捜一の霧島と組んだ佐藤も、本来の担当は強行犯ではなく暴力犯だ。

所轄はどこも、少数精鋭、経費削減で立っている。

その少ない人員と予算は、捜査本部が立つと根こそぎ持っていかれるという。当然、長引けば長引くほどさらに署は疲弊する。

事件の速やかな解決は、捜査本部というより所轄の、運営上の切なる願いでもある。

次々に出てゆく捜査員を見送って待つ。

焦りはしない。焦るなとも教わった。

と、入れ替わるように、教えた当の本人、日向がやってきた。

遅れるのはいつもだが、登場は今までより少し早いような気がした。

白いTシャツ、よれた黒いジャケットにコットンパンツ。冬服から衣替えはしたと言っていたが、見た目には代わり映えはしない。

当然、天然パーマと白髪交じりの短髪も、寝癖の位置が違うだけであまり変わらない。

「お早うございます。でも、少し早くないですか」

「へっ。年々、歳は取っからよ。日々、朝は早くなるってもんだ」

言いながら、日向は寝癖の髪を掻いた。

「なら、頭から捜査会議に出る日も近いってことですか」

「初回に限って言やあ、そんななぁ金輪際ねえな」

日向は首を横に振った。

「最初はゴタつくしよ。真っ当な挨拶も出来ねえんじゃ来る意味もねえし。――さて」

日向はそこまで言ってから、一人ひな壇に向かった。

その前からひな壇に居並ぶ全員の目が、日向に集まっていた。

「よお」

日向は三つの視線をひと絡(から)げにして、片手を上げた。

階級は全員が上だが、日向は特には気にしない。

古いことだというが、杉谷署長は日向の部下だった期間があり、中村管理官は何度も一緒に事件に関わったことがあるようだ。

涼真は特に中村から、

──勝手なことばかりする人で、良くぶつかったものだ。今でも認めるわけではないが、今もって変わらないということは、それがあの人の方針、信念なのだという気はする。

と、そんな言葉を聞いたこともあった。

この場にはいないが、刑事部長の佐々岡も一課長の大野も、月形明子交通部長の元夫としてだけでなく、どちらかと言えば好意的に日向を知るようだ。

日向が昔を多く語らない以上、今のところ涼真にはわからない部分だが、椎名係長も中村管理官の下、捜一の中にいれば日向について聞くこともあるのだろう。

陣頭指揮官の目にある光は、強い信頼を現すものだと涼真には思えた。

ひな壇の三人との挨拶もそこそこに、日向はすぐに戻ってきた。

「で？」

促されるままに、涼真は捜査会議で聞き知った内容を端的に話した。

黙って日向は聞いていたが、寺本が都立中学校の校長と知ると露骨に顔をしかめ、

「んだ。面倒臭ぇな」と呟いた。

聞こうと思ったが、思った瞬間にはもう日向は動き出していた。

「んじゃ、俺らも始動と行くかい」

「了解です」

机に置いたワンショルダーバッグを肩に引っ掛ける。

事件に待ったはない。

——闇雲はいけねえが、時間も勿体（もったい）ねえ。動きながら考えろ。特に、若（わけ）ぇうちはよ。

これも日向に学んだ、刑事の心得の一つだった。

六

「太陽が眩しいや。今やまさに、爛漫（らんまん）の春だな」

湾岸署のエントランスから出たところで、日向は大きく伸びをしながら言った。

湾岸署は署の玄関口を北東方向に開く。その関係で朝陽は当たるが、午前中にはもう陰に入る。

三階の捜査本部も窓があるのはこの正面側で、角度によって出てくるときにはもう薄暗かった。

眩しいと日向が言うのは、だからだろう。

「なあ、月形。今日はまず、どこらへんだと思う？」

日向はよく、こういう聞き方をしてくる。特捜係に配属になってからは、常にこういう〈小テスト〉の連続だった。

だからと言って、特に不平不満はない。その一つ一つには意味があり、その一つ一つには明確な答えがある。

「そうですね。深川署の浜園橋と、北十間川の下流域にはなりますけど、水田主任がいる城東署の水神森、あとは、大森署の平和島ですか」

涼真はすぐ、思いつくままに三か所の名称を口にした。

思考することは常に刑事の仕事だ。だから考えていた。迷うことはない。

たとえ間違っても、現在の涼真には日向という上司が付く。上司が正す。迷うことこそが唯一の不正解だ。

浜園橋、水神森、平和島。

警察署の交番のように聞こえるが、現在はどれも交番ではない。地域安全センターだ。

地域安全センターは、統廃合によって閉鎖予定だった空き交番を用途変更した警視庁の施設のことを言う。管理監督は交番だったときと同様の警察署で、地域安全サポーターと呼ばれる、再雇用された警視庁のOBやOGが勤務する。

この再活用・再雇用を十把一絡げに、どこかの庁の雲の上の方では、一石二鳥の名案だと言ったとか言わないとか。

この再活用・再雇用を提案した警察庁キャリアが、実施の功績もあってこの翌年、四十一歳で第二方面本部長に昇進し、〈キャリア女子の星〉であり、〈シングルマザー・キャリアの魁（さきがけ）〉と言われたとか、言われなかったとか。

いずれにせよ、この空き交番の統廃合によって、八十七か所もの地域安全センターが都下に生まれた。

どこらへんだと思う、という日向の問いは基本的には、どこの地域安全センターに顔を出すかということとイコールだ。

――俺達はよ。ただの応援じゃねえんだ。俺らが行くのはよ、捜査に捻りを加えるためだ。特捜ってのは、普通と同じじゃねえんだ。

と、日向が言う〈捻り〉はすなわち、地域安全センター巡りのことを指す。

そして〈普通と同じじゃねえ〉というのもそのはずで、この発想は今のところ特捜係のみの、特に日向のオリジナル捜査手法ということになっている。

常識的に考えても、特に殺人事件の捜査本部が立ち上がった場合、その所轄の管轄区域だけで捜査が完結することはほぼない。遺体が発見された場所の〈管理責任〉によって、捜査本部設置の担当を振られるだけのことなのだ。

捜査本部の設置を、〈いい迷惑〉と断じ切る所轄は少なくない。声を小さくして言うなら、ほとんどだろう。

集められた捜査員たちは、警視庁管轄内でも二十三区跨ぎはもとより、三鷹（みたか）や八王（はちおう）

子、檜原などの市町村にまで足を延ばさなければならない場合もあり、捜査の手が都外に及ぶこともある。

　捜査本部で本庁と所轄の捜査員が組むのは、〈捜査のプロ〉である捜一の刑事と、〈地元に根差した〉所轄の捜査員が一緒なら、〈なにかと〉便利だという理屈からだという。

　これは、通説として一理も二理もあるということになっているが、どうしてどうして、管轄外に出たらこんな他愛もない一理や二理は簡単に吹き飛ぶ。

　結局はどちらも単純なお上りさんに成り下がるか、各署に派遣されたことのある捜一の方が、〈なにかと〉便利になる場合すらある。

――本庁と所轄で倍の人員になるって考えりゃ捜査本部ってのは強力だが、半分ずつ出し合ってどうにか体裁を整えるって思えばなんとも脆弱で、けどよ、こっちが結構当たりでよ。結局、予算の縛りは色んなもんを削る方にしか働かねえからな。

　これは酒を呑むとたまに日向が口にする、恐らく真理だ。

　そうして見知らぬ捜査員同士が組み、額に汗して右往左往するのが地取り鑑取り捜査ということになる。

　地道な捜査は基本であり変えようのないものだが、その分、各組は近視眼的にも、頑迷にもなりやすい。

それら聞き込みを取りまとめ、崩して丸めてチョイスし、捜査の〈墨出し〉をするのがひな壇の役目だと日向は言う。

——ま、額に汗した分、譲りたくも曲げたくもねえのはわかるけどよ。上手く使やぁいいのにな。

この日向の言う〈上手く使う〉のは、ひな壇が捜査員を、と意味ではない。先程、涼真が口にしたような、地域安全センターのサポーターのことだ。

どこもが地域に根差し、地域の人々の安全に貢献している。どんな捜査員よりも地域のことに精通しているのは間違いないのだ。

そんなサポーターを使えと日向は言うのだが、恐らくこれは簡単なことではない。額に汗した分の労力、現役捜査員のプライド、そんなものを愚にもつかないと、一蹴するOB・OGはサポーターに多い。

そもそもサポーターは、現職をひよっ子と呼ぶ権利を有した者達ばかりのラインナップと言い換えることも出来、どこかの署の地域課の中には、やりづらくて仕方ないという声もチラホラ、あるにはあるらしい。

安全センターの間を、日向英生という男は実に上手く泳ぐ。

涼真はそんな日向を半年間見てきた。

同じように動きもし、そんな地域安全センターの面々に半年間触ってきた。

最初こそ、

――へえ、あんたがね。

――おや。君が。

あいつの息子、あの人の息子、中には、彼女の息子、彼女の旦那の息子、と口にするサポーターもいた。

全員が全員、父を直接に知る人ばかりではなく、母を通して父を知る人もいるとわかった。

ただなんにせよ、その全員に共通なのは、涼真を見る目だ。全員が涼真を、日向英生あるいは月形明子というフィルターを通して見る。

当然のことだ。涼真は警察官としてほぼ生まれたばかりのひよっ子で、地域安全サポーターは全員が間違いなく、涼真が生まれる前から警察官だった。

そんなひよっ子だが、今ではたいがいの地域安全センターで、

――来たか、月形。給料分くらいは働けてるのか。

――若造、経験を盗みたきゃ、もっと足繁(あししげ)く通え。そうでなきゃ、抱えたままあの世に逝っちまうよ。

訪れればみな口は悪いが、どうにか月形涼真という一人の捜査員として見てもらえるようにはなったようだ。

地域安全センターは、知恵と力と勇気の結果が潤沢だ。

見聞きして叱咤(しった)され、後は涼真自身が、自分で覚悟を練ればいい。

それで、先程は日向への答えとして、今回初動としてまず、〈上手く使え〉そうな地域安全センターを羅列した。

深川署の浜園橋地域安全センターはまず、遺体発見現場にどの交番よりも近い。

城東署の水神森地域安全センターは、北十間川の下流域にはなるが、勤務する水田が若い頃の日向の上司で都内のヤクザに詳しく、大型マリーナにルートがある。当日、運河から港湾で釣りに興じるレジャーボートがあったなら何かが事件と繋がるかもしれない。すべてが手探りな今なら、調べてもらう価値はあるだろう。

あとは大森署の平和島地域安全センターだが、ここは遠近問わず、コアな釣り好きがよく集まる場所だ。

マル害の第一発見者も、運河の岸から夕まずめを狙った釣り人のグループだった。

他にも多くの釣り人が、湾岸署の水上管轄内の水路に出ていたと思えば、情報収集を頼んでおくに如(し)くはない。

「それで？」

日向は無精髭(ぶしょうひげ)の顎を撫(な)で、悪戯(いたずら)げに〈小テスト〉の先を聞いた。

「初動は浜園橋でしょうけど、絞っていいわけもないですから、まあ、全部ですね。

いけるでしょう。茶飲み話があまり長くならなければ」

「いいな。ま、そんな感じだ。けど月形。間違えるなよ。長い茶飲み話が有効なときもある。長えってだけで切り上げるか。我慢するか。短えってだけで穿るか。諦めるか。そこに刑事の腕の差も、運不運もあろうってもんだな」

「了解です。じゃ、行きます」

そう言って涼真は、湾岸署の敷地から外に出た。

建物に遮られることがなくなった太陽が、やや右上から春の陽を降り注ぐ。

事件の背景、全景。

殺害現場の想定。

などなど、などなど。

考えなければならないことは山積だ。

だから動きながら考える。

まだまだ若いから。

そう教えた人物は涼真の後ろから、

「んだよ。こんなとこに寝癖かよ」

陽の当たる右側頭部の寝癖をしきりに気にしながら、前夜の深酒を反省しつつついてきた。

（ああ。やっぱりね）

アルコールは眠りを浅くするという。

今日、日向が早かったのはそのせいか。

涼真は歩きながら、陽射しを見上げて軽く笑った。

七

湾岸署から出た涼真たちは、まずテレコムセンター駅まで歩き、そこからゆりかもめに乗った。

最初の目的地とした浜園橋地域安全センターへは、そのまま終点の豊洲まで行き、そこからは徒歩かバスになる。

浜園橋が架かる塩浜一丁目は東京湾埋め立て二号地に設けられた区域で、四方を運河に囲まれた、一昔前は主に倉庫街だった。現在は集合住宅も多く出現し、人口が増しているエリアでもある。

今事件のマル害が発見されたのは、この浜園橋の下流域に当たる汐浜運河と豊洲運河の合流付近だった。おそらく二百メートルとは離れていない。

普通に考えれば、死亡推定時刻の観点から言っても、この橋から下流域で犯行があったとは考えにくい。

マル害は高い確率で、この浜園橋の下を通過したと思われる。

浜園橋地域安全センターは、そんな浜園橋の南詰めの袂(たもと)にあった。越中島(えっちゅうじま)通りと区道の交差点で、隣に小さな公衆トイレが隣接していた。

おそらく、その掃除もサポーターの役割かもしれない。

交差点から見渡す限り百戸を超える大規模マンションか、同種マンションの工事現場のタワークレーンばかりが目立ち、地域安全センターはまるで小さなマッチ箱のようだった。

「ここだな」

バス通りを徒歩で辿り、交差点の向こうに浜園橋地域安全センターを見て、日向はひと息ついたようだった。

日向にとっても涼真にとっても、初めて訪れる安全センターになる。陸の孤島、とまでは言わないが、直接至るには公共交通機関はバスしかなく、元々倉庫街で事件性に乏しいエリアでもあり、と要するに、これまでは〈目的に乏しい〉場所だったからだ。一度顔出しを涼真は提案したが、日向が面倒臭がったという経緯もある。

だが、今回は違った。

たしかな目的があると日向のギアは入る。

ただこれは、ないと入らない、ということの裏返しでもあって、手放しで喜べることではない気もする。

横断歩道を渡り、日向が先に立って安全センターの網硝子（あみガラス）入りアルミの引き戸を開けた。

「えー。ごめんよぉ」

身体より先に声を差し入れたが、返る返事はなかった。気配もない。

「えー」

ごめんよぉ、ともう一度日向は声を掛けたが、この段階で涼真はもうそちらを見ていなかった。

黒いゴム手袋にポリバケツを下げ、同色のゴム長を履いた初老の男性が公衆トイレから姿を現した。

身長は百七十センチメートルくらいか。白いビニール前掛けをしているせいで、高くというか、細く見えた。

「何か用か」

そう聞いてくるからには、この男性がこの安全センターのサポーターで間違いないだろう。

印象のままの、少し細い声だった。

「あっと。こりゃあ」

日向が身体の向きを変え、サポーターに向けて証票を出した。

サポーターは目を細め、

「ほう。日向警部補。現職か」

と、ひと言だけ呟いた。

日向と涼真を分けるようにして間を通り、入り口の脇にバケツを置いて中に入った。

手袋を取り、前掛けを取る。

「突っ立ってないで、入ったらどうだ。何も出せないがね」

そんなことを言いながら、サポーターは窓際に立て掛けてあるパイプ椅子を示した。

自身はキャスター椅子に腰を下ろす。

「ほんじゃあ、遠慮なく」

手刀を切るような仕草付きで日向が入り、涼真が続いた。

まずここまでの反応で、日向にもサポーターにも、互いに面識がないことは涼真にもわかった。

——ま、なんだかんだあるが、地域安全センターのよ、たいがいの爺さん婆さんを、
俺ぁ知ってんだ。向こうが知ってるってのもあるけどな。

初めてコンビを組んだ頃、日向はそんなことを言っていた。

本当に言葉通りで、顔が広い男だと思ったものだ。

そして、それ以上によく知られている男だとも思った。

そんな日向をして、このセンターのサポーターは数少ない、〈たいがい〉から外れる人物のようだった。

入ったところで日向が脇に退き、涼真が正面に立った。

「初めまして。刑事特捜係の月形です」

挨拶と同時に、自分の名刺をデスクの上に置く。

日向は涼真が部下になって以降、こういう場面でも自分からは名刺を出さない。お前が出せ、と言われている。涼真だけが出す。

そうすることで、涼真と繋げようとしてくれているものか。

ただ単に、面倒臭い知り合いをこれ以上増やしたくないと思ってのことかもしれないが。

地域安全センターに顔を出す場合、特に初めてなら手土産と一緒に渡すのがこのところの恒例だったが、このときは手土産はない。名刺のみだ。

このことに関しては、出掛けにどうするかと日向には聞いた。

「今回はいいや。いや、いいってわけじゃねえが、ちょっと考えたんでな。ま、今日行こうってとこは、たぶんこれっきりって場所じゃねえだろうし」

と、少し意味不明ではあったが、持参しなくていいという判断はわかったので買わなかった。

もっとも、どこにも寄り道することなく、テレコムセンターからゆりかもめで豊洲に出て、そこから徒歩で来た。手土産と言っても買えるものは、コンビニがあればそこで買う煎餅（せんべい）かクッキーの詰め合わせくらいのものだったろう。

——他になきゃコンビニでも仕方ねえが、売ってるものがよ。なんにせよ、爺さん婆さんにゃカッチカチかパッサパサだろ。下手したら凶器になんぜ、凶器。未必の故意を疑われちゃあ敵（かな）わねえ。

と、初めてコンビを組んだ頃はよく言っていた。

それで、よく買ったのは柔らかめの煎餅と水羊羹（みずようかん）の詰め合わせだ。すっきりとした箱入りで、山手（やまのて）線内の売店で買えるのが便利だった。

サポーターも涼真に合わせ、引き出しからプラスチックの名刺ケースを出し、一枚を涼真の名刺と交換するようにデスクの上に置いた。

地域安全サポーター　北村正樹（きたむらまさき）と書かれていた。

北村は名刺ケースを仕舞い、代わりに眼鏡ケースから老眼鏡を取り出し、掛けた。

「刑事総務課刑事特別捜査係、か。ふうん。初めて見た肩書きだ。聞いたことは何度かあるが」

老眼鏡を外し、仕舞う。

仕舞って一瞬、天井を見上げた。

「ん？　待てよ。月形ときて、日向。さて、どこかで聞いた覚えが、――おっ。たしか、モグラ」

「サポーターさんはよぉ、この安全センターには、長いんすか」

北村の視線が戻る前に、日向がパイプ椅子を引いてきて座った。

落ちてきた視線は涼真ではなく、そちらに動いた。

「ああ。そうだな」

もう六年もいる、と北村は言った。

「いや。そうじゃないな。トータルで十二、十三年、そのくらいにはなるか」

統廃合のとき、この交番にいたと北村は言った。

「初めてハコ長で勤務した交番だった。それから御徒町（おかちまち）と水道橋駅前でハコ長を務め、俺の警察官人生は終わった。未（いま）だに、しがみ付いている」

ハコ長は正式には交番所長と言い、階級は警部、あるいは警部補だ。それにしても言葉のニュアンスから、地域課、交番勤務一筋の人生だったことが分かる。

かつて田園調布（でんえんちょうふ）署の安全センターでも、

――地域安全センターにいる俺達はな、誰よりも生粋（きっすい）の警察官なんだ。他に仕事はいくらでもあるのに、定年後もわざわざ地域の安全のために勤めてる。こんな交番の残り香、つまり、警察の残り香のする場所でな。これを生粋と言わずしてなんという。

そんな話を聞いた。長谷川という元SITだった。

おそらく同じように、北村も生粋なのだ。

「現職が来たなら、なんの用か聞くのは愚問だな。——昨日の夕方から、騒がしかったらしいが、その件か」

「へえ。ご存じですか」

日向は前屈みになって口の端を緩めた。

この辺は日向の呼吸であり、日向のスタイルだ。

「ああ。この辺りのことならな。この塩浜一丁目のことなら。——殺しか?」

「そういう騒ぎでしたかね」

「ああ。そう聞いている。噂話だが」

「じゃあ、噂話の先は、どうです?」

「そこまでだ。後は知らん」

「噂話には先があるって、思ったりしませんかね」

「あるかもな」

「今後しばらくは、気を付けて欲しいって、そんなお願いでして」

「わかった。気にしておこう」

芯の周辺を持って回るような会話になったが、十分伝わったようだ。そうでなければ伝手(つて)もなく紹介もなく、いきなり会った相手には頼めない。

これも日向による、〈小テスト〉のようなものだ。

北村はまず、合格だった。

よろしくと言って一礼し、退出する。

次に回ったのは、水神森地域安全センターだった。

まず塩浜から門前仲町までの約一・五キロメートルを歩き、東京メトロとJRを乗り継いで亀戸(かめいど)に出る。

そこから水神森地域安全センターまでは、東武亀戸線に乗ればひと駅だが、だいぶ待つということで徒歩にした。また数百メートル程度歩くだけのことだ。

日向も文句は言わなかった。

だが、水神森に到着したとき、

「ちっ。二分の一で、今日は外れか」

とこちらでは小さな文句を、軽く汗を拭きながら言った。

水神森の水田はこの日、出勤日ではなかったようだ。

各地域安全センターはどこも、地域安全サポーターが交代で回す場所だ。

ついでに言えば、交番のように二十四時間の交代制でもなく、日祝日は不在が多い。シルバーなのだから当然と言えば当然だが、原則、午前八時から午後五時十五分までの日勤で回す。この原則というのは、町会などから、

——児童の登校の安全確認に協力して欲しい。

などの要請を受けたりした場合、署と相談し、勤務時間を一時間繰り上げたり変更したりすることもあるからだ。

地域安全センターはこのように、その地域地域の特性に即してフレキシブルに運用される。

水神森ではその日の安全サポーターに水田への伝言を頼んだ。日向と直接の昔馴染みではなかったが、水田から仲間の人となりや経歴は聞いていた。実際、こういう空振りが初めてなわけでもなく、何度か直接に話もしている。

ただ、今回は水田の〈ルート〉に頼むところが多いわけで、それで伝言にした。

センターを出ると、日向は手庇(てびさし)を作って空を見上げた。

「なんかよ、今日は暑くねえか」

「夕べの酒が抜けて、いいんじゃないですか。少なくとも、寝癖は直ったみたいですよ」

「ああ?」

髪に手をやり、日向は少しだけ口を尖らせた。

「平和島、行くぜ」

そのまま背を向ける。

はいと返事をし、涼真は上司の少し丸めたような背に従った。

八

平和島地域安全センターでは、在所していた熊川にとにかく、汐浜運河方面を主に、安全センターに立ち寄るすべての釣り人を頼んだ。

コアな趣味人は横の繋がりもコアだ。その辺は涼真も、自転車という趣味において似たり寄ったりだという自覚があった。

平和島を出たのは、午後三時半を過ぎた頃だった。

太陽は西にだいぶ傾いていたが、春の陽だ。日没までにはまだまだ時間があった。

「さて、まだ時間もあるし、こっからなら近えしな」

三キロくれぇか、と日向は言った。涼真にはすぐにわかった。

「そうですね」

日向が行こうとしているのは湾岸署管轄の、大井ふ頭地域安全センターだ。そこには日向の昔をそれなりによく知る〈らしい〉、実枝道明(さねえだみちあき)元四谷署副署長が勤務している。

「湾岸署管轄の事件だ。挨拶も兼ねてな。歩きでも十分に間に合うだろ」

「大丈夫ですか」

「何が」

「今日はだいぶ歩いてますけど」

ふん、と日向は鼻を鳴らした。

「馬ぁ鹿。足腰が衰えたら刑事は終わりだ。こりゃあ、体力だけの話じゃねえぞ。ボケは足腰からってな。安全センターの爺さん婆さん見てみろよ。みんなよ、良く動くじゃねえか。負けてられっかよ」

「なるほど。一応、それなりには考えてるんですね」

「まあ、んなこと言ってもよ。俺の場合、頑張れるのはせいぜい、三日目くれぇまでだけどな」

「わかってます」

そんな話をしながら、京浜運河に架かる大和(やまと)大橋を渡り、実枝の居るセンターへ向かった。

到着したのは四時半近くだった。

制服に防刃ベスト、ライトブルーのアポロキャップ。

いつ見ても清々とした安全サポーターの出で立ちで、実枝の背筋は真っ直ぐに伸びていた。

「お久し振りっすね。主任」

日向がまず口を開いた。

実枝のことを日向は主任と呼ぶ。そういう時期に付き合いがあったようだ。

そうだな、と実枝は低い波動のような声でそう言い、涼真に目を向けた。

「なかなか、今までより遠くなったが、話は色々聞いている。忙しいようだな。頑張ってもいるようだ」

「はい。あ、いえ」

いきなり褒められると、さすがに恐縮する。

涼真は思わず頭を下げた。

「やめてくださいって。褒めると癖んなる。まだまだひよっ子ですよ」

そんなことを言いながら、この場は日向が前に出た。

椅子と茶を貰い、五分ほども近況報告に費やしたところで、

「それで？」

と実枝が聞いてきた。

「運河の事件、聞いてないっすか」

「ああ。昼のニュースのやつか。それにしても中学校長とは、厄介というか面倒だな」

そう言えば、事件のあらましを説明したとき、日向も同じようなことを呟いた。

褒められて恐縮はしたが、別に本当に生まれたてのひよっ子ではない。

聞いてみた。

「学校はな。過去と現在と未来が交錯し、大いに渦巻くのだ」

そう言って、実枝は腕を組んだ。

過去、在籍したときの恨み辛(つら)み、現在、在籍して押さえこまれている閉塞感、圧迫感、未来を閉ざされようとする焦り、絶望。

「教導とは、仁術(じんじゅつ)であると俺は思う。医者だけでなく、教職者もな。ただ、仁術であるからこそ、本当に間違うこともある。失敗もだ。気持ちを注ぐということは、ある意味危険なことで覚悟の要ることなのだ。逆恨みは何に拠らず、常につきものだろうし。官憲の、正義の執行と同じだ。それに、現場で働く教職員同士の関係にもな。上下に横に、今まで俺が見てきただけでも、一生懸命なら一生懸命なほど、動機は腐るほど散見される。だから――」

厄介で面倒なのだ、と実枝は言った。

日向は同感を示して頷き、さてと膝を叩いて立ち上がった。

また来いという実枝の声に送られ、時刻を確認すると五時になるところだった。

「まだ早ぇな。ブラブラ行くか」

「了解です」

中村管理官によって、夜の捜査会議は九時と決められていた。まだ三時間はあった。

本当にブラブラ歩き、暮れゆく街並みを眺める。

そう言えば、最初の事件のときも同じように、この近辺の道を歩いた。

歩くことは、周辺の街を知ることだ。

歩いて肌で感じて、マイナスなことは何もない。

夕暮れの道の上で、日向はそんなことを夕陽に呟いたものだ。これも教えの一つだろう。

埋め立て地の約十キロを、途中で二度ほど休憩しつつ歩き、一度休憩し、二度曲がり、そうして涼真と日向は湾岸署に辿り着いた。

すでに陽は暮れていた。ライトアップされた署の正面には、さすがにテレビ局のカメラやレポーターが大勢陣取っていた。

中学校長の殺害事件は、〈ネタ〉になるようだ。

いいか悪いかは別にして、こういうマスコミの数で、事件に対する〈話題性〉の大小を知る。

「やっぱり、いますね」

「そうだな。じゃ、後はよろしくな。報告書類は頼んだ」

涼真の肩を叩き、日向が離れる。これはもう、この半年で慣れた行動だ。

日向はあまり、表舞台に出ることを好まない。

この日は初日ということでここまで付き合ったのだろうが、普段はその日の目的を終えた瞬間に、日向の場合は勤務終了となる。

――オンオフがしっかりしてんだ。緊張と弛緩は大事だぜぇ。

これはタイムカード代わりに、必ず勤務の最後に日向が口にする言葉だった。

署の一階では、警務課のカウンター周りにブンヤが群がっていた。公式発表があったからだろうか。警察担当の記者だけでなく、各新聞社の社会面のライターも集まっているようだ。

こういうぶら下がり的な記者は、管内で事件があると倍になり、捜査本部が設置されると胡散臭い（うさんくさい）のも含めて四倍になると、涼真はかつて所属した築地（つきじ）署の課長に聞いていた。

これも一つの、上司の教えだろう。

「あれ？　月形君じゃない？」

湾岸署勤務だった頃の見知った記者が涼真を見つけて声を掛けてくる。

記者を適当にいなして三階に上がる。

鑑取り班はまだあまり戻っていないようだったが、地取り班は大半が戻っていた。戻ってノートパソコンを開いているか、防犯カメラの担当班の近くに座っていた。

地道な捜査の重要性を改めて教えられるように、地取り捜査に関しては殺害現場が特定されないことには進みようがなく、その特定がまず何にも増して優先されるが、水上で発見された死体の場合、なかなかどうして厄介だ。

水流があれば、死体も移動する。

やがて鑑取り班も三々五々に帰り、九時を回って予定通り会議が始まった。

ひな壇には中村管理官と椎名係長だけが上がった。杉谷署長はいない。

これで捜査本部は、純粋に刑事捜査に特化した集団になった。

「地取り班っ」

椎名の呼び掛けに奈波が立つが、特に目立った発見はないようだった。奈波たち戻った地取り班も、会議後にはふたたび、防犯カメラデータの収集に出るという。

「寝る間も惜しめ。ただし、寝ろ。いいな」

「はい」

「次。鑑取り班、誰か」

真っ直ぐに手を上げ、捜一の誰かが立った。初めて見る男だった。ということは、マル害の自宅に向かった捜査員だろう。

「上板橋での結果報告です。電話より妻・朝子は落ち着きを取り戻してはいましたが——」

そこから、家族構成の説明になった。妻と大学生の娘。長男は都内の建設会社勤務で、現在は熊本の支店にいるという。

「それから、会合に出ると言ったマル害の話ですが、校長になってからはそういう機会も多いらしく、妻はいつも詳しくは聞かなかったそうです。聞いてもわからないですから、とも言ってました。この家族のアリバイについては、これから確認作業に入ります」

そうしてマル害の家を辞してからは、周辺の防犯カメラの確認を行ったようだ。コンビニと駅から、本人の姿は確認できたようだ。駅ではやはり、スマホを使って電子マネーで改札を通っていた。

これが、六時五十三分。

「マル害の降車駅は、現在鉄道会社に照会中。以上」

「よし。次っ」

はい、と勢いよく立ったのは霧島だった。こちらは学校に向かった班のようだ。

「今のところ、マル害について良くない話は出てきません。ただ、出なさすぎの気もします。誰もが同じ話を手を替え品を替えてしているような。そんな印象です。それと、マル害が出掛けた土曜の会合の話も聞きましたが、学校行事ではないようです。誰も知らない模様」

「ふん。どうだか」

これは椎名だったが、おそらく独り言だ。

独り言が通るほど全体が静かということでもあり、単純に声がでかくもある。

「それぞれのアリバイは、各個に聞いてあります。裏は明日以降で確認。以上です」

霧島が座ると、椎名と中村が何かを話し、中村が立った。

「では、最後に私から。──特には霧島、お前に関わる。学校についての話だ。だが、みんなにも聞いておいてもらいたい」

やおら、中村はホワイトボードの方に歩を進めた。

「同級生に都庁勤めがいる。そいつとの昔の遣り取りからの私見になるが、校長と教職員、あるいは副校長、主幹教諭が仲がいいというのはどうか。校長には校務掌理権があるが、これは学校内を向けば行使の権利でもある半面、都の教育委員会、教育庁の方を向けば、履行しなければならない義務でもある。副校長、主幹教諭は管理職側ということも出来るが、校長の命令に逆らえない立場は教職員と同じだ。そして

――」

中村は言いながら、地図を貼ったホワイトボードを通過し、もう一基の前に立った。黒のマーカーを手に取り、キャップを外す。

「校長が校内を向けば、必ず、都教組や東京教組といった教職員組合や、PTAとの関係もある。関係の中には対立もあるだろう。PTAは会長の方針によって関係が毎年一定ではないだろうしな」

言いながら、中村はホワイトボードに学校長以下の役職や組合名を列記していった。

都教組は東京都教職員組合の略称で、東京教組は東京都公立学校教職員組合の略だった。

中村はそれぞれの下に、都教組は全教・全労連、東京教組は日教組・連合東京と書いた。

「組合は、今は非加入組が圧倒的だそうだが、それでもまだまだ団体交渉は活発だ。都からは押し付けられ、組合とはときに苛烈な交渉もあるそうだ。そして、顔も名前も毎年変わるPTAとの関係」

なるほど、聞くだに、学校というのは複雑な組織のようだ。

「校長は、中間管理の最たる役職だろう。その大変な校長以下の管理職を補佐するために、二〇〇七年から設けられたのが主幹教諭や指導教諭という役職だ。教頭を廃止して副校長を置いたというのもそんな名目らしいが、これは教育論に発展しそうだから今はどうでもいい。とにかく、この主幹教諭などは、東京都では管理職推薦による任命が大半だそうだがな。データ的には辞退や、なってからも降格希望が相次いでいるそうだ。管理職の役割や責任の分散が目的でもあり名目だったはずだがな。役職ばかり浮き上がって、典型的な有名無実に近いらしい」

私見だとは言うが、中村はよく理解しているようだ。

そんな教育現場に関する現状を聞き、静かだった一同にさざめく波のようなざわつきが見えた。

小中高の十二年、特に義務教育の九年は、この場にいる誰もが通ってきた道であり、現在は半分以上がおそらく子供を預ける立場であったろう。

中村はマーカーを仕舞い、自席に戻った。

「だから、誰もが納得ということはやっぱりおかしい。言いたくはないが、組織になれば警視庁も同じような組織で、そう言った方がここにいる全員も実感出来るだろうか。上意下達の組織は、間が潰れる。圧力が掛かる。そういうものなのだ。そこに、往々にして歪み（ゆがみ）は出る。だからな――」

叩けば埃が出る。歪（いびつ）なら折れる。

「学校にはいずれ、人員を集中させるかもしれない。だからみんなに聞いておいてもらった。とにかく、霧島、今はお前が引き受けて、まずは学校関係者のアリバイ確認に全神経を集中しろ。真実と嘘をギリギリで仕分けろ。いいな」

はい、と霧島が答えた。

その後は明日の方針などが伝えられ、約一時間で会議は終了した。

解散の後にはそれぞれが本務、あるいは残務に戻る。

と同時に、全体指揮の中村は署長室に向かって報告だ。

その後に、副署長か警務課長によるマスコミへの発表となる。

「さてと」

――帰れるときゃ、帰れよ。

日向の声が耳内を回るようだった。

だいぶ教えが浸透しているというか、この辺は毒されている、のかもしれない。

そう思えば知らず、含み笑いがはっきりとした声になった。

九

次の日、朝の捜査会議は定時に始まった。

二日目ともなると、もちろん日向はいない、どころか湾岸署にも来ない。いつも通りなら、捜査行動は現地集合現地解散が基本になるはずだった。

これからの捜査会議は、よほどの発見や動きがない限り、前夜に立てたその日の予定の再確認になる。

概ね(おおむ)この朝の会議もその方向で進んだが、始まる三十分ほど前に、鉄道会社から照会の回答が入ったということだった。

マル害は池袋におそらく十九時十三分着で、十九時十七分に中央改札から出たようだ。

鑑取り班から、湾岸署の柏田と捜一の男の一班が充てられ、そこから先のマル害の足取りを追うことが決まった。

男は山根(やまね)という、三十代半ばの巡査部長だった。

新しいところといえばそれくらいだ。

中村管理官の解散の声に、それぞれが一斉に動き出した。

「月形。お前は今日はどこに行くんだ？」

立ち上がった涼真は、出掛けの上川に声を掛けられた。

「マル害の勤めていた学校ですね。正確には、学校方面ですけど」

「そうか。まあ、頑張れよ」

頭を下げる。上げると上川ではなく、中村管理官が目の前にいた。

月形っ、と呼ばれた。

「日向主任のやり方に文句を言うつもりはないが、そうだな。朝でも晩でもいい。三日に一度くらいは顔を出すよう言っておけ」

「了解です」

一礼し、ワンショルダーバッグを手に、会議室を出て外に出る。

マスコミの連中はチラホラと見掛けたが、みんなの後から、しかも一人で出ると身軽だ。ゴチャついている間に擦り抜けられる。

「じゃあ、行きますか」

この日もいい天気だった。

バッグを肩に回し、しっかり止める。

——じゃ、明日は学校の方にでも行ってみるかい。遅ればせながら。いや、遅くも早くもねえか。

前日、夕陽の中を歩きながら、日向はそんな方針を口にした。

——柴又帝釈天（たいしゃくてん）の辺りだろ？　あの辺の地理には、俺もお前も暗くねえよな。むしろ明るい方だろうしよ。

そう言われて、涼真も頷いたものだ。

マル害が校長を務める新柴又中学校は、駅で言うとちょうど北総（ほくそう）線の新柴又と、京成金町線の柴又からほぼ等距離の場所にある古い中学校だった。

葛飾柴又寅さん記念館のすぐ南に所在し、管轄で言えば亀有署だ。

日向が言うように、涼真にとっては、美緒の住む青戸からは目と鼻の先、徒歩か自転車の距離だった。

日向が住む町屋からでも、三倍くらいの距離にはなるが、まあ、涼真に言わせれば、そこからでも楽にジョギングか自転車の距離ではある。

——なんにしてもよ、湾岸署の本部に回るなぁ無駄も無駄。経理が泣くぜ。俺の住む所からなら直行が早えし、何より格安だぜ。

この件に関しては正論もいいところだったので、涼真は特に何も言わなかった。駅で待ち合わせることにした。

ただ、駅と言っても待ち合わせは、北総線の新柴又でも京成金町線の柴又でもない。京成本線の京成高砂だった。

——鑑取りの手伝いも邪魔も、俺らの仕事じゃねえや。上がこっちに期待してることは、別にあらぁな。

これも実に、わかるところだ。

捻ったところ、木の上、土手の下、乗る雲の峯、潜る水の底。

その辺が、特捜係の行動区域だろう。活動限界ともいえるか。

いずれにせよ、日向の提案でこの午前に向かうことにしたのは葛飾署管轄の、高砂地域安全センターだった。

京成高砂駅を南口に出て、約六百メートルも南東に歩けば、都営高砂団地の一角に辿り着く。

そこから団地内に二百メートルも入れば、スクールゾーンの脇道に高砂地域安全センターはひっそりと存在した。

来る前に確認した資料に拠れば、地域のコミュニティーとしても大いに活用されているという。

この高砂のセンターは、前日の浜園橋地域安全センター同様、日向にとっても涼真にとっても、初めて訪れる場所だった。

開け放たれた引き戸の奥にカウンターがあり、その向こうにちょこんと座っている女性がいた。

昔ながらの〈パーマ〉を掛けた、初老の女性だった。安全サポーターのアポロキャップは入るのだろうか、などと要らぬ心配をしてしまう。

座っていても、涼真の感想からすればなんというか、〈少しばかり〉ふくよかな女性だった。

そちらを標準とすれば、涼真の母・明子や美緒などは餓死寸前ということになるだろうか。

　日向に言わせれば、

「なんか、でけえ婆ちゃんだな」

　という思わずの呟きになる。

　その日向がまず、先にのそりと安全センターの敷居をまたいだ。

「こんちわ。えーと、元綾瀬署交通課の、村岡主任ですかね」

「ん？　誰だって？」

　間近に見る顔は意外に艶やかで、皺の類はあまり見られなかった。

　村岡静子。

　それが、聞いていた女性の名前だった。日向も知らない警視庁ＯＧだということは、来る前に涼真は聞いていた。

「あれ？　聞こえませんでしたか」

「聞こえてたわよ。でも、でかくも婆ちゃんでもないから、あなたが言う村岡主任って人はあれね。別人ね」

「おっとっと」

　大仰に仰け反り、反動のように大きく日向は頭を下げた。

　暫くその体勢でいて、やがていきなり頭を上げる。

「日向って言います。昔、遠目には何度かお見掛けしたことがあるんすけど、直接は初めてになりますかね。いやあ、お若い。昔のまんまだ」

ほとぼりを冷まして、仕切り直して、無かったことにして――。

この辺の技は、涼真には無縁だ。幾つになっても使えそうにない。

だいたい、〈お見掛けした〉ことなどないはずだ。あれば道中、間違いなく日向は村岡のことに言及しているに違いない。

「で、村岡主任。電話、行ってませんか。同じ綾瀬署にいた、刑事課の都築主任からっすけど」

都築、都築晋三は、現在昭島署管轄の東町地域安全センターに勤務する安全サポーターの名前だった。禿頭で威圧感たっぷりで、四十年ほど前には綾瀬署の刑事課の主任だった男だ。

正確には元主任と呼ぶべきだが、OB・OGたちと話すとき、日向はわりあい、彼らを昔の役職や階級で呼ぶ頻度が高い。

そうすることでたしかに親近感は出るような気もするが、日向には別に、

――昔の呼び方をすりゃあ、少しは覚める部分もあって、脳味噌も活性化すんだろ。ボケ防止ってえか神頼みってえか、まあ、お守りみてえなもんだな。

という思惑もあるようだ。

村岡は少し考え、ポンと手を打った。

「そうね、そうそう。そういえばさっき、晋ちゃんから電話があったわ。忘れてた」

「ああ。さっきで忘れてたんすか」

「そうなのよ。晋ちゃんも忘れてたんだってさ。どう思う？」

「――いえ。別に。思い出してくれてよかったっす」

そうよね、と言って、村岡は右手の人差し指を立てた。

確認するように、倒す。

「で、日向。そう、あんたが。てことはあれね。そっちがあの女の」

倒した指が、涼真を指して動かなかった。視線も動かず、次第に目が充血してゆくようにも見えた。

実に、尻の据わりの悪い時間だった。

「あの、母がどうかしましたか？」

自分から先に、淀(よど)んだような空気を掻き混ぜてみる。

「何も」

村岡はゆっくり首を横に振った。

「何も。そう、そうよ。何もしないのにモテてさ。チヤホヤされちゃってさ」

なるほど。最近とんと聞かなくなったが、その昔は多方面から形を変え筋を変え、よく耳にしたことのある内容だった。

飽きるほど馴染んでいた分、対処方法は心得ていた。

当たらず触らず、これに限る。

「初めまして。特捜係の月形です」

何食わぬ顔をして、名刺と一緒に手土産を渡す。

高砂の駅前で日向に言われ、コンビニに走って買い込んだ物だ。

──都築の爺さんに言われてる。今でも元気らしいが、元気過ぎるという連中もいるってな。そういう婆さんは、気を付けるに限る。嫌な予感がする。

だからなんか買ってこい、と言われて買ったクッキーの詰め合わせだ。

「あらまあ。ご丁寧に」

そんな物というと語弊はあるが、村岡の機嫌は瞬く間に良くなった。

「二千円ね。有り難い有り難い。どんな物でも有り難い。椅子はそこよ」

箱を受け取り、椅子を許可し、そそくさと奥のロッカーへ向かう。

見れば、元々の交番のときからあった備品のようだ。他のセンターでもよく見掛ける、古い形の物が並んでいた。

村岡はその、一番奥のロッカーに箱を入れた。

他にもよく付け届けがあるようだ。ロッカーはそれなりに埋まっていた。

「ええっと」

その後、村岡はロッカー手前の小型冷蔵庫から冷茶と白い箱を取り出した。

箱の中身は、お椀型の容器に入ったプリンが八個だった。

同じような箱がまだ、冷蔵庫にはいくつも詰まっていた。

「お昼前だから、これくらいね」

冷茶とプリンの箱を前にして、村岡は悦に入ったように言った。

勝手に取ってね、と言った傍から、村岡はまず自分が最初にプリンを手に取った。

じゃあ遠慮なく、と言って日向も取り、頂きますと涼真も手を伸ばす。

それで兎にも角にも、本題に入った。

ここでも話は日向がした。

〈月形〉よりはこの場合はたしかに〈日向〉の方が無難な気がした。

ふんふんと、食べながら村岡は日向の話を聞いてくれた。

都築から紹介された人物ということで、事件に関してはそれなりの概要を話す。

それから、知りたいこと、聞きたいことへ移る。

「そうねえ」

お昼前と言いながら、村岡は話を聞きながら早、プリンの三個目に手を伸ばした。

十

遠慮しないでいいわよ、と言われたが、涼真はプリンは一個で十分だった。

村岡は平然と、三個目のプリンにプラスチックスプーンを抉るように差した。

「そうねえ。残念だけどさあ。そこの京成本線から向こうの方は、あんまりわかんないわね。こっちの団地の人達は、よく立ち寄ってくれるんだけどさ」

「それで、茶飲み話に花が咲く、と」

「そうね。ああ。もちろん巡回もするわよ。でも、子供たちの登下校の時間以外は、ここで誰かと話してることが多いかな。それだけでも、この辺の話や、お茶請けは結構な数で集まってくるんだけどさ」

「なるほど」

「だからこっちのことに関しちゃ、私は結構情報通で、お茶請け通だわさ」

「凄いっすね」

日向は口笛を吹いた。

これも処世術の一つ、なのだろう。

「むふふ。そう？」

村岡はまんざらでもない顔で、三個目のプリンの底を浚った。

「だからさ。私はそうね。そんなに役に立てないかもだけど、あっちのことなら、知りたければ、あれよ。そのものずばりの人がいるじゃない」

「えっ。どこにですか」

思わず涼真が身を乗り出した。

「そのものずばりって言ったら決まってるでしょ。学校よ」

「誰です」

「行けばわかるわよ。聞いてばかりじゃ駄目。いい？　一を聞いたらさ、十を動くの。聞いてばかりじゃさ」

村岡は、プリンの付いたプラスチックスプーンで涼真を指した。

「晋ちゃんみたいなさ。いい刑事にはなれないわよ」

思わず言葉に詰まった。正論であり、教訓だ。

「有り難うございます」

素直に頭を下げた。

「どういたしまして。まあ、そうやって人の話が聞けるのはいいことよ。プリン、もっと食べればいいのに」

ちょうど、自分の割り当てのプリンを掻き込んで終わらせた日向が、ごっそうさんと言って立ち上がった。

「じゃ、行ってみますわ」

「あら、そう。大したお構いもしませんで」

「いえ。十分っす」

日向はプリンの空き容器を捨て、椅子を片付けた。

「ちなみに、都築主任のこと、晋ちゃんって呼んでたんすか」

「そうよ」

「付かぬことをお伺いしますが、昔、付き合ってたとか」

「そうねぇ」

村岡は遠い目で、プラスチックスプーンについたプリンを舐めた。

「まあ、手紙を貰ったことはさ。何回かあったかもね」

「いい情報っす」

日向は一礼し、先に立って外に出た。

この件については、涼真には特に聞くべきことはなかった。どう使うのかに興味はあったが、それはまた今回とは別の話だ。

新柴又中学校までは、スマホの地図アプリで涼真が先導した。

二キロメートルあまりの距離を三十分と掛からず歩く。

そのくらいではお椀プリン一個分のカロリーも消費はしないだろう。

目視の距離にまで近付いた中学校は、まず思う以上にひっそりと静まり返っているようだった。

副校長以下が鳩首(きゅうしゅ)し、教育委員会に諮(はか)り、春休み中の部活は各自家庭での自主練ということにしたようだ。今朝の捜査会議のときに霧島が言っていた。

そんな霧島の班は、今日は学校関係者のアリバイ確認に奔走しているはずだ。

そんなわけで、今日の新柴又中学校は色々な意味で静かだった。

だからこそ、

——遅ればせながら。いや、遅くも早くもねえか。

昨日の日向の言葉はそんな鑑取り班の次の動きも予測し、さすがというか、意味があった。

特捜係の動きを妨げる要素は、現段階では見当たらないということだ。

さらに学校に近付くと、しきりに校内を窺(うかが)う連中がチラホラと見掛けられた。ゴシップ系の雑誌かWEBのライターか、最近は正義を標榜する突撃系のユーチューバーもいなくはない。

いずれにせよ、学校関係者にすれば、どれも招かれざる客ということになるだろう。

ふん、と鼻を鳴らし、日向はおもむろに上着の胸ポケットからサングラスを取り出し、掛けた。

「そう言えば、春休みって奴か。あんなのもうろつくし、子供らの生活に影響なくて、それだけは良かったな」

「そうですね。そこは真っ先に守らないと」

「そういうこった」

それから二人で、学校の周囲を回った。

下町の古い中学校だけのことはあり、校庭は都心の学校に比べてだいぶ広かった。

校庭の向こう側は高く盛られた江戸川土手で都道が通り、そのさらに奥の東側には江戸川河川敷が広がる。

ほぼ一周して戻り、正門から校内に足を踏み入れた。

左右が外部からの駐車スペースになっていて、真正面がおそらく事務棟だった。

左右に奥へと続く歩道があり、右はそのまま校庭に通じ、左は側道になって事務棟の奥へ延びていた。

講堂というか体育館に外から向かうには、この左の側道になるのだろう。

「ま、どこも似たような造りだな」

日向が呟き、サングラスを取った。

ちょうどそのときだった。

「コラァッ。誰が許可したっ」

事務棟の玄関内から、校内の静けさを割るような銅鑼声が聞こえた。

「お前ら、どこのブンヤだ！」

威嚇するように言いながら、大股で外に出てこようとする男の姿があった。

「勝手に入るんじゃねえっ。出てけっ」

「んだとっ」

「あっ。主任。一般人にガンつけないでください」

「おっと。悪ぃ悪ぃ。向こうの啖呵があんまりにヤー公かマル暴警官っぽかったもんで、つい反射でな」

その間にも、男が薄暗い玄関から陽の下に姿を現した。

強情を絵に描いたような目付きの短軀、短髪の老人だった。半袖シャツの上に白抜き文字の青い腕章を付けていた。

右腕を伸ばし、おいお前ら、と指を突き付けたところで老人の動きは止まった。

「あ」

首を伸ばすようにして固まる。

「あ？」

これは日向の声だ。

見れば涼真の隣で目を細め、日向も老人と同じように首を伸ばしていた。

――ああっ。

待つ間もなく、驚きの声が二人の口からほぼ同時に聞こえた。

「お、お前ぇ。日向か」

「よ、吉田(よしだ)係長じゃないっすか」

互いに近寄り、互いに肩を叩く。

涼真の目から見てもそれは、悪くない光景だった。再会の喜びが滲(にじ)み、降り積む年月が見て取れた。

「係長。あの、えぇと。――何やってんすか。こんなとこで」

「俺か？　俺ぁ、ほれ、これだ」

吉田は腕の腕章を前に出すようにした。

太い腕に巻き付くようだったが、サポーター、とだけは読めた。

「俺ぁ、亀有署の少年係にな。非常勤で勤めててよ」

「少年係？」

「そうだ。スクールサポーターってやつでな」

「スクール。ああ」

日向は大きく頷いた。

なるほど、スクールサポーターなら、その運用については涼真も知っていた。

スクールサポーターは、平成十四年（二〇〇二年）に埼玉県警に導入されたのを切っ掛けにして、全国に運用が波及した制度だ。警視庁では平成十六年（二〇〇四年）四月一日から運用が開始された。

これに先立つ三月二十四日の、警視庁生活安全部長から各所属長への通達甲（生.少育.学）第三号に、〈学校及び地域における少年の非行防止、児童等の安全確保対策等に係る業務に従事する一般職非常勤職員〉を以下、スクールサポーターと称する旨の規定がある。

警察署と地域や学校の架け橋となるべく再雇用された警視庁OB・OGが、主にこのスクールサポーターの主体だった。

学校への訪問や防犯教室・薬物乱用防止教室・非行防止教室の開催支援、学校周辺のパトロール、有害環境の浄化、街頭補導、立ち直りへの支援など、活動内容は多岐にわたり、また、内容によっては長期にわたる。

再雇用の一職種というだけの認識ではとてもとても、ハードに過ぎて勤まるべくもない。

警視庁スクールサポーターは、児童・少年に対する深い愛情と情熱がなければ続かない仕事だろう。

「へえ。あの、ヤクザも道を空けた、鬼の係長がスクールサポーターね」

「なぁに。昔の話だ」

「どうだか。さっきの一喝はえらい迫力だったぜ」

日向は吉田から一歩離れ、上から下までを大げさに顔を動かして眺めた。

吉田は少々照れくさそうな顔をし、視線を泳がせた。

その先にいた涼真と目が合った。

涼真は頭を下げた。

その頭の上を、相棒か、と聞く吉田の声が通り抜けた。

「へっ。相棒なんてのにはまだほど遠いや。ひよっ子さ。けど、息子でね」

「なんとっ。息子か。そうかそうか。——いいな」

うちには娘しかいないからな、と吉田が言った後、涼真は頭を戻した。

眩しそうに、吉田が涼真を見ていた。先ほどの目つきや銅鑼声が嘘のような、温かみのある表情だった。

なるほど、こういう男こそが、まさにスクールサポーターという職に相応(ふさわ)しいのかもしれない。

「初めまして。特捜係の月形です。父がお世話になったようで」

なあに、と吉田は手を振って笑った。

「俺ぁよ。この日向が池袋にいた当時、新宿のマル暴にいてな。ヤクザが縄張り争いすんのと同じくらいに、あの頃ぁよく、所轄同士でホシや手柄ぁ、取ったり取られたりしたもんだ。そんとき、池袋のこいつぁよ。まだ若ぇくせに、先頭切って新宿の俺らに突っ掛かってきてな」

「へへっ。そんなでしたかね」

古い話ですよ、と日向が入ってきて話を割った。

「で、係長。スクールサポーターってのはわかりましたけど、今日はなんでここにいるんすか？」

「おお。今日はな、もともと午前中のうちに、学校警察連絡協議会の会議がある予定だったんだ。その後、生活指導の先生とPTAと合同で、周辺のパトロールをしようってな。それが、そういうことになっちまっただろ。学校の先生なんてのは、刑事やブンヤの詰問に慣れてるわけもなし。それで合同パトロールの代わりに、マスコミパトロールを頼まれちまってよ」

「なるほどね」

「お前たちは、捜査か。息子の方が特捜係と言っていたな」

「ええ。親子でね。おい。月形、話していいぜ」

促され、ここでは涼真が前に出た。殺された寺本はここの校長なのだ。その段階でもう、説明はするもしないもない。

適度に事件の概要に触れ、ストレートに寺本校長について聞いた。

吉田元係長から見て、どういう人物だったか。

「ひと言で言えば、まあ大層な遣り手だったな。ここの中学は、PTAも教職員組合も強くてよ」

「強い？　組合は、都教組ですか。それとも東京教組」

都教組だよ、と吉田は言った。

「教職員全体の半分はそうだな。昔ながらの学校って言うか、全体に古臭い学校で、PTAもカチカチだ。参道の団子屋なんざ、――ああ、これは会長の井桁さんの店のことだが。会長は創業三桁の、いわゆる老舗の、それだけで偉そうにしてるマダム様でな。これは前の校長の話なんだが、まだ四十代だったか。少しばかり腺病質な男だった。校長ってのはまあ、だいたい三年で回っていくらしいが、我慢が利かなかったようだ。一年で音を上げちまって」

「音を上げた？」

涼真は聞き咎めた。

「それはどういう」

「心を病んじまってよ。だから後任は、待ったなしだったたな」

それで急遽、赴任してきたのが寺本だったらしい。

リリーフエースって感じなんじゃねえか、と吉田は付け加えた。

「そんなPTAも組合も、今じゃ静かなもんだ。いや、井桁会長と都教組の役員が、かな。寺本校長が赴任してきてから半年も経たねえうちに、あれよあれよという間に仲良くなっちまった。――いや、子分、家来、言いくるめられちまった、かな。たしかに、口は達者な校長だった。だから遣り手だったんじゃねえかって感想だが。どうだい？　日向の息子。間違ってるかい？」

いいえ、と涼真は口にした。

「とても正しい印象と、的確な説明だと思います」

吉田はさも嬉しそうに、大きく笑った。

「キチンと名乗ってなかったな。俺ぁ、吉田富士夫ってんだ。よろしくな」

吉田は言って、分厚い手を差し出した。

十一

この日の夜の捜査会議は、中村管理官に拠って午後七時と定められていた。

少し早い気もするが、この日はその後に、本部庁舎で捜一管理官全体の合同会議が控えているという。なんとも慌ただしく、忙しいことだ。

涼真は新柴又中学校に向かった後、午後から日向とまた、京成線周辺の地域安全センター三つばかりに顔を出し、お茶を飲み、それから帰ってきた。

もちろん、日向の姿は湾岸署にはない。

涼真は日向と、京成青砥（あおと）駅のホームで別れた。

涼真はそこから都営浅草線で新橋（しんばし）に出、日向は京成本線のままで町屋の自宅マンションに一本だった。

涼真が湾岸署に到着したのは、六時四十五分を過ぎた頃だった。

捜査会議まではもう十五分もないということで、自然と足は速くなった。

――ああ。月形君。ねえ。ちょっと。

そんな記者の声を聞き流し、警務課の前の混雑を擦り抜け、階段に向かう。

ただ、

「月形さん」

警務課前の長いカウンターの、一番奥で手を上げた年配の女性職員の声は無視するわけにはいかなかった。

涼真が配属になる前から湾岸署の警務課に勤務していた間宮（まみや）という職員で、外勤から戻る課員には、気が付けば必ず労（ねぎら）いの声を掛けてくれる女性だった。

「なんでしょう」

背後からついてきそうな勢いの記者数名を手で制し、涼真は間宮に尋ねた。

一度カウンター上の時計を見てから、間宮は涼真に警務課のスペースの奥の方を指し示した。

「あれなんだけど。君のところの日向主任宛てに届いた荷物だから。後でいいから、取りに来て」

見れば、それなりに大きな段ボール箱だった。通販のようだ。

ａｍａｚ○ｎの文字の下に、シニカルなスマイルが描かれていた。

なんであるかは、日向から聞いていた。届くはずだとも、受け取っておけとも言われていた。

了解です、と答え、涼真は階段を駆け上がった。

捜査会議までは、あと十分もなかった。

時間がどうこうというより、涼真が到着したところで、先着していた中村が、ひな壇から会議の開始を告げた。

地取り班にも鑑取り班にも戻っていない組はあったが、確実に戻れないと連絡があったのだろう。地取りでは粕谷・上川の班が、鑑取りでは山根・柏田の班ともう一班が戻っていなかった。

いつも通り椎名係長に議事進行は移り、まず最初が赤井に拠る司法解剖の結果報告だった。

肺には水を飲んだ形跡はやはり、無かったようだ。

死因は心臓を刺されたことによるショック死、即死で間違いないらしい。

死亡推定時刻は発見から約二十四時間前で、幅は前後に三時間を見るという。

これは先の捜査会議で赤井が言っていた通り、やはりずいぶん曖昧なものになった。

「それらを踏まえた上での判断ですが、あの発泡ウレタン樹脂が使われたエアインクッションのスニーカー及びダウンジャケットの密度や比重、本人の筋肉量、肥満度、当日の気温、大まかな水温から考えて、浮いていたということはつまり、マル害が着水後、一度も沈まなかったと考えて差し支えないということでした」

椎名は眉を顰(ひそ)め、手を上げた。

「まどろっこしい言い方だな。それはどういうことだ」

「一度でも沈んだのなら、次に浮上するためには、体内にある程度の腐敗ガスの備蓄が必要になります。それこそ水温と水深の相関関係からも、恐らく一週間程度は浮かんでは来なかったのでは、という判断でした。以上です」

「わかった。鑑識班。今の結果報告は、この場にいない各班にも、洩れなくしっかり伝えておくように」

「了解しました」

「よし。次っ」

立ったのは監視カメラ班に投入された捜一の男だった。

主に、中村が指示した水門関係の監視カメラ映像の結果報告になった。

「竪川水門は川幅の関係で台数が少し多く、六台中四台はまだ確認が出来ていませんが、その他はすべて、三十時間までのチェックが完了しています。どの映像にもマル害の姿はなく、不審な人物もありませんでした。もっとも、夜間においては光量が十分ではないこともあり、残り四台を確認次第、先程これは中村管理官にも確認を取りましたが、夜間分はそのすべてをSSBCに送り、解析する予定です」

SSBCとは、警視庁刑事部に設置された〈捜査支援分析センター〉のことを指す。防犯カメラや電子機器の解析を主とする分析捜査と、犯人像のプロファイリングを主とする情報捜査の両面から捜査を支援し、データ収集のためには臨場もする機動分析係も備えた即応部隊だ。刑事部に設置されたが、のみならず、求められれば組対部、生安部、交通部など、警視庁内のすべての捜査に横断的に関わった。

「聞いている。ああ、それと」

中村は頷き、手を上げた。

「ついでに私から言う。まだ戻ってはいないが、池袋に回った班から、マル害の当日の足取りについて、今日の午後一番に報告を受けた。池袋駅の防犯カメラで追う限り、丸ノ内線に乗ったようだが、マル害は電子マネーではなく切符を買って改札から入ったということだ。その理由は今のところ不明だが、まあ、やましい所が本人にもあるのかも知れない。そこから先はSSBCの機動分析係を導入することとし、これはすでに椎名係長から要請済みだ」

中村は隣の椎名に顔を向け、そうだな、と確認した。

「はい」

椎名が頷き、そのまま中村から話を引き取った。元に戻した格好だ。

「カメラ班。ということは、現状において、マル害の流れる様子は確認出来ないと。そういうことだな」

「はい」

「では、今のところ捜査方針としては現状維持だな。次」

「鑑取り班」

呼応して、霧島が立った。

「今管理官が仰った班及びもう一班の、まだ戻らない分も代わります」

山根班は午後から上板橋に回って、当初からそちらを担当していた班に合流し、近所の住人たちに寺本の人となりを聞き回ったようだ。日中に不在だった住人への聞き込みも進め、それでまだどちらも戻れないという。

聞いた範囲になりますが、と霧島は前置きした。

特に悪い印象はないようだが、良い印象もあまりないようだ。

要はどこにでもいる普通の住人という印象、どこにでもある近所付き合いの域を誰も出ないらしい。

家族についてのアリバイも確認され、問題は特にはないようだ。家族関係にも、目立った衝突や軋轢はないという。

「続けて、自分達の班の報告です」

霧島班は関係者のアリバイ確認を終了し、区の教育委員会への聞き込みもこの日のうちに行ったという。なかなか素早い。

「学校長としてのマル害の評価は高いようです。問題が何もないと言っていました」

「何もない。何もないだけか」

「何も問題がない、問題を起こしたことがないのが最上だそうです」

「ふむ」

椎名が難しい顔をして、腕を組んだ。

「明日はその辺のことを、今度は都の教育庁人事部へも行って確認してきます。これは、今日の確認次第ですが、上板橋周辺で何も出なければ、その上板橋の班が行くことになってます」

霧島の説明はそこから、今度はＰＴＡ関連に移った。

「今のところ、会長と数人の役員だけですが。会長は、柴又帝釈天の参道にある団子屋の副社長だそうです。同族経営ですので、つまり、社長の妻ということになります」

――いい先生でしたよ。それが何か。

会長以下、寺本校長に対する感想は同じようなものばかりだったという。

「というか、右へ倣えという感じだったでしょうか。役員は全員、会長の顔色を窺っていたような気がします。そういうＰＴＡは多いと聞きますが、後日、個別に当たってみようかと思います。なお、今日は不在だったので、明日は副会長と会計の二人にも話を聞く段取りです。以上」

霧島が着席する。

「次。特捜係」

呼吸をするように、椎名に呼ばれた。

「はい。ありません」

呼吸を継ぐように、立ってそう答えた。

聞かれたらそう言っておけと、日向にこの日、別れ際に青砥のホームで言われた。

予断と予断が鬩ぎ合うと、感情が先に立って会議も捜査も本筋から離れてゆくもんだ、と日向は言った。

中村は杓子定規に見えてよ、その辺の機微はわかってるだろうよ、とも言われた。

ただ、日向に言われなくとも、捜査会議で呼ばれたら涼真もそんな答えをするつもりではいた。

涼真にとって上司不在の捜査会議は、いつものことだった。

――俺達はよ。ただの応援じゃねえんだ。俺らが行くのはよ、捜査に捻りを加えるためだ。特捜ってのは、普通と同じじゃねえんだ。

日向は言う。涼真もそう思う。

特捜は他の捜査員と同じではなく、同じではいけない存在、でいいと思う。

似たり寄ったりの報告しか出来ないうちは、堂々と何も無し、でいいのだ。

逆を言えば、次から次へと成果を上げるほど既存の捜査員が有能なら、後出しの特捜係は〈好事魔多し〉と言い続けるだけで、ただ無能の誹りを一身に受ける存在、それでもいい。

「ありません、か」

中村管理官が呟いた。

「はい」

わかったとだけ言い、中村は会議の終了を告げた。

十二

翌三日目は、特に大きな進展はなかった。

これをどう捉えるかは微妙だが、まだ三日目ということを前向きに考えれば、悪いことばかりではないだろう。

進展とは、犯人に至る近道を指す言葉ではない。外堀を埋め、内堀を埋め、本丸に至る確実なルートを地道に固めてゆくことも捜査の一つだ。

そのひと幅、一メートルは、赤の他人や遥(はる)かな上層部がなんと言おうと、進展であり、間違っても停滞、あるいは文句を言われる筋合いのものではない。

少なくとも、霧島らの地道な確認によって、副校長を始めとする学校関係者のアリバイはウラが取れたという。

鑑取り班はそれ以上に、学校関係者から聞いた寺本の馴染みの店や交友関係にも手を伸ばし、PTA関係へも広く聞き込みを続けたようだ。

地取り班による、防犯カメラのデータ収集も進んでいる。どれくらいかといえば、集まってくる情報が処理し切れず、この三日目は地取り班の半数は日中からデータ確認の方に回り、夜の捜査会議後は全員が防犯カメラ班の作業に加わったほどだった。遠回しに徹夜をするなと言っていた椎名係長も、この辺はわかっていて黙認だ。牛歩ではあっても前進しつつ、けれどしなければならないことは、どの班にもまだまだ山積していた。

この三日目、涼真は朝イチで、ゆりかもめで新橋まで出た。

SL広場で待ち合わせた日向に、前日に届いた荷物の一部を渡すためだった。前夜の捜査会議の後、届きましたよと連絡を入れたら、持ってきてくれという返信があった。

それで、朝イチで新橋に出てきた。

日向がamaz○nに注文したのは、〈濡れ煎餅三種詰め合わせ〉の、進物キャンペーン(業務用)だった。手提げ袋と熨斗が付いていた。

――へっへっ。この歳になってもまだまだ勉強することがあるな。いや、便利になったもんだ。

ということで、濡れ煎餅の詰め合わせが湾岸署宛てで三十箱届いた。定価の三十パーセント引きだったらしい。ポイントも付くと言っていた。

熨斗無しで手提げ袋に入れ、涼真は十セットを運んだ。そのうちの五セットを駅ビルのコインロッカーに入れ、五セットをSL広場で注文した本人に手渡す。

これもこの日の段取りとして、日向に指示されたことだった。

なんとも面倒ではあったが、まあ、経費節減に手を貸したということではある。好き嫌いはあまり言っていられない。捜査ではないが、これも間違いなく警察官としての業務のうちではあったろう。

日向はこの詰め合わせを持って、まずは平和島を皮切りに、今事件を頼んだ安全センターを主とし、これまで顔を出した数か所も巡るということだった。

涼真はこの日は同行せず、すぐに取って返し、後は日がな、防犯カメラ班のデータ確認作業に加わることになっていた。

見かねてというよりは、日向からそういう指示があったからだ。

「ボケ防止ってえか神頼みってえか、脳味噌の活性化って言っただろ。頼んだ例の件ですけど、大丈夫ですか、忘れてませんかってな。地道にやっとかねえと、案外、連中は本当に忘れてたりしやがるからな」

日向はSL広場で、改めて安全センターを巡るそんな意図を口にした。

なんというか、涼真の理解では、まだまだ到達し得ない世界だ。

「お前と回り始めた半年前より、例えば立川の目加田係長は膝が悪くなってるし、末広町の新島情報室長なんかは、健康上の理由で今月一杯だってよ。ま、聞いちまった以上、そんなとこにも挨拶しとこうってな。善は急げってぇか、悔いにならねえうちにってよ。だが、これはお前の仕事じゃねえ。俺の仁義、いや、礼儀だな」

そうですか、と言う他はなかった。縁の濃さ、年月の長さを思えば、涼真が割り込む隙さえない。

その辺は日向に任せたというか、好きなようにしてもらい、新橋から戻った涼真は、防犯カメラ班の手伝いに没頭した。

日向からは、夕方に一度連絡があった。

案の定だぜ、と電話の向こうで日向は笑った。

――水神森はよ、とりあえず知ってるマリーナ関係から、その関連までを聞いてくれたらしいが、当日、そんな運河や掘割に入ってくような型の小さなボートを、夜間や日付跨ぎの二日使用で借り出したり受け出しした顧客はいねえってよ。夜釣りの連中に関しちゃ、平和島も一緒だが、もう少し広く聞いてくれてるみてぇだ。今のところ当たりはねえって言ってたが。

よくわからなかった。

なので、それのどこが案の定なんですか、と聞いてみた。

――馬ぁ鹿。案の定はよ、浜園橋だ。俺の顔を見るなり、あっ、って言いやがった。まだだって言ってたが、ありゃあ、絶対に忘れてたな。これからだ、の間違いだぜ。

こちらも、ああ、そうですか、という他はなかった。

ＯＢ・ＯＧの扱いに関しては、日向の方が涼真より一日の長どころか、おそらく三十数年の長があった。

これがおおよその三日目だった。

そうして四日目に突入した。

この日は朝の捜査会議もそこそこに、全捜査員がそれぞれの持ち場に散った。先はまだ見えないが、固めなければならない足元はしっかりと見えている状態だった。つまりは三日目の続き、ということだ。

涼真と日向も、一日空けた格好にはなったが、朝からふたたび寺本が勤務していた中学校に向かった。

日向が直行なのはいつものことだが、涼真も捜査本部には顔を出さず、待機寮からの直行となった。

この日はちょうど、新柴又中学校は異動教師の離任式に当たり、特段の理由がない限り在校生が登校することになっていた。ＰＴＡの会長や役員たちもだ。春休み中ということもあり、卒業生も例年通りなら数十名は来校するらしい。

ということで、鑑取り班は霧島の班だけでなくもう一班が配された。山根と柏田の班だった。

学校関係者にもＰＴＡにも、この日でないと都合がつかない者もいたらしい。それで、二班で手分けをし、一気に聞き込みを片付けるつもりのようだった。

この朝の捜査会議は、確実にこの鑑取り班の二班と涼真は参加せず、地取り班も一班が不在、一班が仮眠中ということで、だいぶ閑散としたものになったに違いない。

涼真は日向とは京成柴又の駅で合流し、中学校に向かった。

離任式は、不在の〈校長〉に代わり、代理として副校長が取り仕切るということだった。

「おやおや。騒がしいこった。せっかく感動の離任式がよ」

中学校まで三十メートルほどに近づき、日向はサングラスを掛けた。

すでに校長の事件は、広くニュースにもなっている関係上、校門前には朝から、マスコミもテレビのカメラやリポーターもそれなりの数が集まっていた。

入ろうとする生徒や保護者に、何本ものマイクが向けられている。

――コラァ。

そこに、スクールサポーターの吉田の声が響いた。

この日、吉田は学校側の依頼を受けての臨席らしい。

前日に日向が吉田に連絡を取ったとき、そんなことを言っていたようだ。

中学校が所轄である亀有警察署に交通整理というか、マスコミ整理を依頼したようだが、捜査本部からの捜査員がうろついているということで、署の方が〈グズッた〉

らしい。

　それで、正式な警察官の代わりにやってきたのが吉田だった。

　その吉田に誘導され、涼真たちは裏口から入り、グラウンドの河川敷側にある、今や満開の桜の木の近くに陣取った。

　捜査員ではあるが、鑑取り班ではない。霧島たちの〈正式〉な捜査を邪魔するつもりはまったくない。

「あれだ。煮え切らねえ所轄の連中を一喝して、自分から手を上げたってよ」

　桜の花びらが舞う中、芝生の上に座り込んだ日向が遠くを見ながら言った。

――何にもしてねえ子供らが、好奇の目に晒されるのを黙って見てるってのかっ。お前ら、それでも警察官かよ。守んじゃねえのかよ。それが仕事じゃねえのかよ。それもよ、いいか。今だけじゃねえぞ。汚されるかもしれねえ、子供らの思い出も、未来もよ。両手を広げて守んだよっ。それが立派な、お巡りさんなんだぜぇ。

　吉田はそんな啖呵を切ったらしい。

「あそこの署長は、吉田係長の元部下でよ。何も言い返せなかったってよ。こう、掌をひらひらさせてよ。お好きにどうぞって言って、余計吉田係長を激怒させたらしいや」

「はあ」

地域安全サポーターだけでなく、どうやらサポーターと名の付く警視庁OB・OGは、サポーターである限り〈元〉警官魂に燃えている。

現役として頭が下がるばかりだ。

その魂と、元気に。

「それにしてもよ、月形。みんな若いよな。若さってなあ、いいよな」

講堂に入る詰襟やセーラー服の生徒たちを見て、日向の顔はやけに穏やかだ。さらに遠くを見ているようでもある。

やがて、

「おい。見てみろよ」

そんな言葉とともに指で示されたが、言われなくとも、言われる前から、涼真にも分かっていた。

校門辺りに、決して少なくない人だかりが出来ていた。

生徒や教師たちが、ほぼ講堂に入り終わった頃だったろう。

「大名道中じゃねえ、お局（つぼね）道中か。PTA会長のお成りぃってな」

色取り取りのスーツの並びの中に一人、礼服の女性がいた。

ほっそりとした体形の上着の左胸に、ピンクのコサージュが艶やかに咲いていた。

聞かなくともすぐわかった。背筋が伸びて、いかにも堂々としていた。

それがまず間違いなく、井桁総子、PTA会長のようだった。

十三

井桁会長は、周囲をガードされるようにして校門から入ってきた。

微笑みを振り撒くようなその顔に、何度かフラッシュが焚かれた。マスコミのカメラによるものだろう。

一切動じることなく、井桁の微笑みは変わらなかった。全体に悠然として、手さえ振りそうな優雅さだ。

この日は、離任式で保護者代表の挨拶をするらしい。

「あのおばちゃんな。この学校だけじゃなくて、近隣で随分といい顔らしいや。結構な癇癪持ちで、帝釈天周辺に集まるテキヤの連中も避けて通るってよ。一年前はもっとこう、デーンと太ってて、ずいぶん押し出しも良かったらしいぜ。流行りのなんとかコミットでもやってんのかね」

日向は芝生の枯れ葉をむしり取り、宙に投げた。

真っ直ぐに上がり、そのまま落ちてきた。

風はないようだ。

それだけはわかった。

「あれ？　いつの間にそんな情報を仕入れたんですか」

聞いてみた。素直な疑問、というやつだ。

「馬ぁ鹿。俺だって流行の一つや二つくらいは――」

「そっちじゃありません。ＰＴＡ会長の話です」

「ん？　ああ。おう。高砂センターの村岡主任にな。昨日、手土産持ってったときに聞いた」

「あれ。村岡さんって、こっちの方のことはわからないって、一昨日聞いたときは言ってませんでしたっけ？」

「その、わからないって言ったのが自分でどうしても気に食わなかったんだってよ。気になって気になって、プリンがなくなっちゃったわよって言ってたな」

「――よくわかりませんけど」

「まあ、カロリー消費の運動も兼ねてってやつだろう。私も自力コミットよってね。あの歳でも気になるんだな。いや、あの歳だからか。で、午後から白チャリ吹っ飛ばして、知り合いに聞き回ったらしい」

「ああ。なるほど」

さすがのフットワーク、と思われたことは健康意識、あるいは健康不安に後押しされるものだったか。

膝を悪くしなければいいが。

そんな会話の内にも、吉田と若い教師の手によって校門が閉められた。

マスコミの連中が目に見えて減った。それぞれの待機場所に控えたか、あるいはもう帰り支度かもしれない。

霧島たち腕章を付けた鑑取り班の捜査員が、校舎から講堂へと続く渡り廊下の外に向かう。

参列はしないまでも、離任式そのものも確認するようだ。

逆に、式典の間は暇になるようで、吉田元係長がこちらへ歩み寄ってきた。

「休憩かな。おい。三人分だ。コーヒーでも買ってきてくれ」

日向が千円札を出すが、それは受け取らなかった。

「いいですよ。それくらい」

裏門外にあった自販機に向かいながら、どうなのだろう、と考える。

ただの上司と部下だったら、受け取るか、受け取らないか。

今までの自身を考えたら普通に受け取っていた気もしたが、日向からはとっさに固辞してしまった。

急にお金を渡されると、上司とはわかっているが父の顔も重なり、どうしても〈お遣い〉感があった。

（参ったな）

思わず苦笑が漏れた。

少しずつ馴染んでは来たつもりだが、まだまだ親子としての関係はくすぐったくもあり、尻の据わりが悪かった。

缶コーヒーを三本買って戻ると、日向たちは桜の下に二人で座っていた。

満開の桜があって、まるで花見のようだった。

手渡した缶コーヒーをひと口飲み、日向は天を見上げた。

「それにしても、いい天気だな。こういう学校行事は、晴天に限る。季節問わずよ。元気な子供時分には、なんたって青空がよく似合うってもんだ」

何かに想（おも）いを馳せているようだ。

吉田は黙って、缶コーヒーに口を付けた。

涼真は立ったまま飲んだ。

「実体験ですか？」

日向に、馳せた想いを聞いてみた。

「――まあ、な。そんなところだ。学校ってとこはよ、雨が降ると一回飛ばしの行事も多いからな」

それぁ、詰まらねえ、と日向は言った。

「主任の子供の頃ですか」

あまり想像も出来ない。

そのうち、もう少し〈親子〉に馴染んだら、アルバムでも見せて貰おうか。

そんなことを思いながら缶コーヒーを飲んでいると、やがてポケットの中で涼真の携帯が振動した。

捜査本部のデスク担当職員からだった。

「はい。月形」

内容を聞く。

短い電話だった。

なんだ、と日向が聞いてきた。

「SSBCからで、水門関係の解析が終わったそうです。全部クリア。マル害の浮遊はなかったそうです」

「そうかい。ま、そういうところは、科学の力だな。便利なもんだ」

日向がまず立ち上がった。

吉田も続くが、日向は尻を払い、

「じゃ、行くか」

と涼真に向けて行った。

吉田が怪訝(けげん)な顔をした。

「なんだ。お前らはPTAや都教組の連中に話を聞かないのか」

「そんななぁ、ちゃんとした本部の捜査員に任せますよ」

日向は講堂周辺にいる、霧島たちに目を向けた。

「奴らもきっちり、なにがしかの臭いを嗅ぎつけてるみたいっすからね」

「ほう。そうかい」

「ええ。そうっすね」

一昨日の捜査会議での霧島の発言は、涼真から日向に伝えてあった。

――役員は全員、会長の顔色を窺っていたような気がします。そういうPTAは多いと聞きますが、後日、個別に当たってみようかと思います。

そのとき、日向は目を細めたものだ。

今、日向が吉田に伝えるのは、そのときのことだ。

「本部の捜査員もね、悪くねえっすよ。悪くねえなら、叩いて鍛えて、伸ばしてやんなきゃね。色々やらして、きちんと叩いてやらねえと、ろくでもねえなまくらになっちまうからさ」

「ふん。お前の口から、そんな真っ当な教育論を聞くとは」

「へへっ。聞いて驚け。俺ぁ今、特捜係と兼務で指導係にもついてんすよ」

「なんと」

世も末だなあ、と吉田が笑ったところで、桜の下の宴席はお開きになった。

「じゃ、月形。次行くぜ」

「はい」

正門前には、まだ少数だがテレビクルーがいるようだ。

吉田の先導でまた裏口から出て、自販機横のリサイクル用ゴミ箱に缶を捨て、江戸川土手に上る。

河川敷がどこまでも見渡せた。

川下りの風が、土手の向こうには吹いていた。

「で、主任。次って、どこへ」

「本社」

この本社とは、警視庁本庁のことだ。警察も会社のようなものだということで、本庁を本社、所轄を支社などと言ったりする者は、〈本庁の年配者〉に多い。所轄の人間は当然ながら、自分達の勤務先をわざわざ支社などと謙(へりくだ)ったりはしない。

「目的はなんです？」

「さぁて。考えてみろよ」

涼真は日向の背につき、土手道を歩きながら考えた。

「わかりません」

ちっ、と舌打ちは聞こえたが、日向は特に怒りはしなかった。

「少し諦めが早え気がするが、それも今風かもしれねえ。なんにせよ、知ったかぶりやその場凌ぎするよりはいい。わからねえことはわからねえ。それでいい」

生安の少年育成課だ、と日向は言った。

「寺本を追っていくなら、飽くまでも可能性だが、一つには学校がキーワードになるだろう。吉田係長みてえなスクールサポーターの統括は、生安部の少年育成課長だってよ。勤務は吉田係長みてぇに所轄だったり、あるいは少年センターだったりするらしいが、必要とあらば育成課長が、全スクールサポーターを集中運用出来るんだってよ。てことは、顔くらい出しとかねえとな」

「へえ。調べたんですか」

「さっきな。お前が自販機にコーヒー買いに行ってる間に、吉田係長に聞いた。口利きも頼んだ」

「ああ。あのとき」

遠目に見た桜の下の宴席は、やはり仕事絡みからは離れなかったようだ。

「こういうもんは、顔だけ出しときゃ何とでもなるってもんだ。縦割りのピラミッドってのは、使いようだよ」

「了解しました。覚えときます」

「本社に行ったら、六階にも顔出すかね」

「そうですね。久し振りだし。どうせ行くなら」

警視庁本庁舎の六階、その皇居側ウィングには刑事部長室と刑事総務課がある。刑事特別捜査係のささやかな部屋もあり、つまり、涼真たちのホームだ。

「それにしたって、掃除とかは勘弁な。俺は今日は、それで終了だ」

わかりましたと言いながら、ふと思い出したことがあって涼真は手を打った。

「ああそうだ。忘れてましたけど、管理官が、たまには出ろって言ってましたよ」

「中村が？　ちっ。相変わらず四角四面な奴だ。頭が切れるってのも考えもんだな。で、奴はどの位でってて？」

三日に一度、と告げれば、ひいふうみい、と日向は指を折った。

「んだよ。今日じゃねえか。面倒臭え。――そうだな。明日出るわ。近くに行きてえところもあるしな。なんか言われたら、そう伝えとけ」

「明日ですね。――いいんですか？」

「まあ、明日には明日の風が吹くかもしんねえけどな」

「そうですよね。この前みたいに、また酷い二日酔いになるかもしれないし。――お気を付け下さい」

「馬ぁ鹿。んなこと、いつまでも覚えてんじゃねえよ」

日向はそう言って、ジャケットのポケットに手を入れた。

十四

警視庁本庁舎での用事を済ませ、涼真は夜になって捜査本部に戻った。

日向は本人が口にした通り、生安の少年育成課長に話を通した後は、本当に特捜係室には顔を出しただけで帰っていった。

もっとも、涼真の場合は待機寮も湾岸署の裏手だ。単純に他所(よそ)から〈やってくる〉捜査員と違って、二つの意味で戻るということになる。

涼真が三階の会議室に入ると、防犯カメラ班の他に、すでに山根・柏田班の二人が座っていた。

「あれ。新柴又に行ってたんじゃないんですか。早いですね」

山根のことはまだあまり知らなかったが、いつまでも知らないではいられない。自分から声を掛けた。

「ああ。思ったより新規で確認しなきゃならない人数が少なくてな」

答えたのは柏田だった。ただし、山根もそれを制するわけではなかった。元同僚の関係を優先した、という格好だったろう。

柏田は階級こそ巡査だが、涼真より歳上になる。

「アリバイその他のウラ取りは最初からの班に任せて、俺らは別行動だ。まあ、楽をしたってわけじゃねえが、なんたって回ったのがよ」

柏田は右手の親指を立て、肩口から背後を示すように振った。

「すぐそこだからな」

「すぐそこって。ああ。昨日言ってた、マル害の前職の」

昨日の夜の捜査会議でたしか、都庁の教育長人事部に回った班が、寺本のこれまでの職歴を披露していた。

新柴又中学に赴任する前は、湾岸署からほど近い、東雲有明(しののめありあけ)中学校の校長だった。

「そういうことだ。まったくよ。うちの管轄ってのがまあ、湾岸署に縁があるやら、運がねえやら。署長は昨日、溜息(ためいき)ついてたけどな。ありゃあ、諦めの溜息だろう。お祓(はら)いに行くかっても言ってたな」

個人的には杉谷署長の、人のいい〈困った〉顔が目に浮かぶが――。

「それはさておき、で、どうでした？」

聞いてみたが、柏田は肩を竦めた。

「大した話は聞けなかった。直接の校長が殺されたわけでもねえから、春休みの最中に教職員の集合も掛けられねえし。副校長以下、居合わせた連中に聞いた程度だ。それにしたって、新柴又の連中と同じくらいだ。ただな。こりゃあ、俺たちの感想で、捜査会議で言うかどうか、山根さんと今、迷ってるところなんだが」

「なんです？」

「副校長がな、校長は出来る人でしたって言ってたんだ。教育熱心とか、いい人じゃなくてよ。今の校長に比べて、本当に出来る人でしたってな」

「ああ。納得です。柏田さん。それ、捜査会議で報告して下さい」

「なんだ。引っ掛かるな」

それまで黙っていた山根が口を開いた。

「あれか。特捜係でも何か――」

そのとき、どやどやと入ってくる五人ばかりの集団があった。

涼真に見覚えのある顔もある。戸倉（とくら）という巡査部長だ。捜一の応援部隊で間違いないだろう。

中村管理官が、赤井たち湾岸署の鑑識も捜査に組み込んだとき、

――所轄の鑑識も地取り班に入る。いずれバランスは取る。

と言っていたが、実行したということか。

中村は涼真から見ても几帳面な管理官だが、その几帳面さは大いに信頼出来る。

「お、田代、鈴木も来たか」

山根が手を上げ、そちらに寄って行って、話は途中だがお終いになった。

「ああ。そうだ」

離れていこうとする柏田に声を掛けた。

「なんだ」

「一周年ですよね。少し遅れましたけど、おめでとうございます」

柏田は前年、まだ涼真が湾岸署に所属していた三月に結婚式を挙げていた。

「ありがとよ。記念日も何も、あったもんじゃねえがな」

少し照れたような顔で、柏田は右手を上げた。

それからすぐに、地取り班も何組かが帰ってきて、捜査本部はだいぶ賑やかになった。

さらに三十分ほどが過ぎると、ひな壇の二人が登場した。

捜一の応援は、それぞれが空いている席に座った。

前は詰まっているから主に後方、涼真の周辺ということになる。

会議室が少し、窮屈になった。

ひな壇から見渡した中村管理官が、湾岸署の職員に命じてデスクをもう一列ずつ最後方に入れさせた。

涼真が下がって、前が空いた。そこには今から始まる捜査会議後に、新たに組んだ班が座ることになるだろう。

「捜査会議を始める」

中村管理官の声が、いつもより響くように聞こえた。

一列増えた分、声を張った、などということではない。

全体的に、捜査員の顔が少し明るかった。

水門の確認から、捜査範囲がある程度確定したからに違いない。

それでもまだ範囲は広いが、隅田川が除外出来ると決まったことは大きい。

有限と無限は、比べ物にならない。

やおら、椎名係長が立ってホワイトボードの地図に向かった。赤いマジックで地図上の水路に線を引いてゆく。

引き終え、席に戻るのを待って中村管理官が再び口を開いた。

「手短に行くが、今捜査会議から追加の人員が入る」

捜一の五人が一斉に立ち、ほぼ同時に一礼して、そのまま座った。

「呼んだのは、タイミングも良かったからだ。地取り班の捜査も、運河と河川、掘割に関する範囲の確定が出来た。ここで、班の組み直しをする。ああ、所轄の鑑識は捜査本部を離れ、SSBCの作業班に合流してくれ。残りの人員で、今後の捜査をする。その前に、今日の報告」

中村管理官が告げると、すぐに椎名係長が指名した。

「始めに、鑑識」

赤井が立ち、部下から紙の資料を受け取る。

かなりの厚みがあった。

他の鑑識班員が、各テーブルに同様の資料を置いてゆく。

「復旧出来たマル害のスマホの内容のリストです。画像は防犯カメラ班と、管理官の指示でSSBCにも回しました。必要なら、防犯カメラ班に確認して下さい。それと、先に椎名係長と鑑取り班には報告済みですが、五枚目以降は、昨晩中に通信会社から開示された発着信履歴と、預貯金の銀行情報をうちの署の方でまとめた物です。何かあるようなら、詳しくは鑑取り班の方からの報告になります。以上です」

赤井はそれだけを言った。

鑑取り班から霧島が手を上げた。

「それについては、班の追加編成後の、明日からの作業になります。それと今日の進捗ですが――」

ここから立って、霧島はそのまま続けた。

「新柴又の関係はＰＴＡを始め、まだウラ取りの途中ではありますが、直接事件に関係するような証拠、証言はありません。ただ、何人かの言動が、校長との関係性において大いに曖昧です。繋がるかどうかはわかりませんが、新資料と合わせて、現状では要点だと思われます。さらにその辺をついてみます」

「よし。次」

霧島が座ると同時に、山根が手を上げ、立ち上がった。

「えー、マル害の前任地である、東雲有明中学校に関する現状把握ですが」

山根は、先程柏田が涼真に話したのと同じ内容を口にした。

「出来る、か。わかった。他には」

挙手する者はいなかった。

涼真が手を上げた。

「特捜。なんだ」

「今の一連に関してですが」

遣り手だったようです、と口にした。

聞き込んだ事実をそろそろ展開してゆくタイミングだろうと、これは日向の指示ではない。涼真の判断だ。本筋から離れてゆく、予断と予断の鬩ぎ合いに与する（くみ）ものではない。

「ふむ。遣り手か」

椎名は腕を組んだ。中村管理官もデスクに両肘を突いた。

「はい。新柴又中学は、PTAや教職員組合、組合は主に都教組が強かったようです。PTAは会長が帝釈天周辺の顔役で、テキヤ連中も避けて通るとか。組合の方は、教職員の半分ほども都教組に加入していたらしいです。今どきにしては古い体質の中学だったようで、それで――」

前任の校長が、三年のところを一年でギブアップした、と涼真は続けた。

「精神的に病んでしまったようだと聞きました。マル害の赴任は、そんな関係で急遽だったとか。おそらく、三年の任期は満了していなかったのでは」

一旦言葉を切ると、二年だ、という山根の声が上がった。

やはり、繰り上げだったのだ。

「赴任して半年もしないうちに、マル害は、PTAの会長も組合の役員も懐柔したということです。傍から見る限り、関係は子分、家来、言いくるめられた。口の達者な校長という感想を聞きました。リリーフエースという表現もありました」

周囲が一瞬だがざわついた。

「情報源はどこだ」

椎名が聞いてくる。

「元綾瀬警察署交通課、村岡静子巡査部長。そして、元新宿署組対課、吉田富士夫警部補。ちなみに吉田元係長は、当初から新柴又中学にも出入りする、亀有署少年係のスクールサポーターです」

椎名は組んだ腕を解き、首を掻いた。

「新宿の吉田係長は俺も知っているが。あれか。また、再雇用警察官か」

「はい。使えるものは使う。特捜係のモットーですから」

涼真が言うと、椎名の隣で中村管理官が口の端をかすかに吊り、恐らく笑った。

ペンを持った手を、肘を突いたままの姿勢で上げる。

「日向主任の、の間違いじゃないのか」

「いえ。特捜係の、です」

「お前も染まったということか」

涼真はそれには答えず、以上ですと言って座った。

霧島が、強い目で涼真を見ていた。

他に何もない、となってから、椎名係長の差配で班の編成が行われた。

と言って、鑑取り地取り各班の主だったところは変わらない。捜一各員及び応援部隊に、湾岸署の鑑識班と新たに追加された刑事課の人員がシャッフルとなった。

ただ今後、捜査が進めば担当の変更はさらに何度かあるだろう。

最後に、

「やはり寺本と学校の関係は気になる。そこに絞ることは出来ないが、鑑取り班は気にするように。一歩一歩だが、確実に進もう。以上だ」

管理官が締め、この日の捜査会議は終了した。

その後、涼真のもとに霧島が寄ってきた。

強い目だったが、強いだけではない。

同志、同僚、とにかく〈認めた〉ものを見る目だったろうか。

「やるな」

「どうも」

一対一で話すのは初めてだった。人見知りをするわけではないが、緊張感はあった。

「再雇用警察官か。いい目の付け所だ。いや、それを運用する、いい上司に付いた」

「有り難うございます」

「見どころはあると思ってはいたが、ただ二年後輩だと思っていた。その二年、あの上司やOB・OG連中と接する期間が、一気に埋めてくるかもしれないな」

「そんないいもんじゃないです。今年に入ってすぐに回された練馬署の捜査本部じゃ、解決はみましたけど、徹頭徹尾、特捜係はなんの役にも立ちませんでした。近くのサポートセンターを回って、十杯くらいお茶飲んで終わりです」

「だが、茶の十杯分の経験談は聞けたのだろう」

「そりゃまあ。今の第五強行犯捜査の矢吹第七係長が所轄時代、酔っ払ってどうしたこうしたなんて話は三回くらい聞きましたが」

「ほう」

「特捜係は、特別なことをする係じゃない。捜査陣の手の届かないところ、足りない時間の隙間を埋める、縁の下の力持ち、いや、土手下の力持ちだって、主任からは言われてます」

「それだからこそ、なおのこといい経験だと俺は思うが」

霧島は強く頷いた。

「俺は、土手の上を突っ走ることを義務付けられている。土手下の目線は永遠に持てない。お前が土手に上ってきたときが、楽しみでもあり、怖くもある」

霧島っ、と遠くから声が掛かった。

新たに配置された捜一の誰かだった。

今行きますと言って、霧島は涼真に笑い掛けた。

なかなか捌けた、いい笑顔だった。

そんな顔で笑える男だと知る。

「矢吹係長の話、今度俺にも教えろ」

涼真の肩に一度手を置き、それで霧島は離れていった。

十五

翌朝の捜査本部には、驚くべきことに日向が八時開始の捜査会議前に姿を現した。

涼真は上から下までを観察したが、実にスッキリとしていた。

昨日の別れ際の忠告が効いたなどとは露ほども思わないが、少なくとも酷い二日酔いで眠りが浅かったわけではないようだ。

前夜の捜査会議の後、内容を涼真は日向に伝えた。

日向が会議に不在なときの恒例で、つまり捜査本部に出向を命じられたとき、これは涼真にとって完全に通常業務の一つだった。

日向に掛ける電話の奥は、夜の捜査会議後の場合、いつもたいがい賑やかだった。

聞こえるのは純粋に、街場の陽気な賑やかさだ。

まいどぉ、とも、いらっしゃぁい、とも聞こえた。笑い声も多かった。

いつも同じ居酒屋なのだろう。店員の声も、もう涼真の耳には馴染んだものだった。

山根班の話をし終えると日向は、

——けっ。先を越されちまったか。

と、即座にそんな言葉で反応した。

どうやら、この日に行きたいと思っていた所は東雲有明中学校だったようだ。

――まあ、いいや。取り敢えず行くわ。

おそらく捜査会議に遅刻しなかったのは、会議のためというより、東雲有明中学に向かうには時間が少し〈早い〉と思ったからかも知れない。

時間調整と捜査会議出席の一石二鳥を狙ったと、この涼真の考えは、あながち間違いではないだろう。

「まあ、始めるか」

日向の登場に意表を突かれたか、毒気を抜かれたような管理官の発声で、少し早めに捜査会議は始まった。

以下、椎名係長もまた様子は管理官同様だった。

それでも全体に議事進行がスムーズだったのは、前夜から追加された人員も含めた、今後の行動目的の再確認が主な議題だったからだ。

全体に数は増えたが、会議の終了は早かった。全員が一斉に動き出すと、なるほど、騒々しさがそれだけで、増員があったことを教えた。

時刻は、午前九時を回ったところだった。

日向が左腕の時計を見た。巻かれているのは、年季の入ったオメガのシーマスターだ。直接聞いてはいないが、恐らく昔、明子からプレゼントされた物のようだ。

「まだ早ぇか、丁度くれぇか。ま、なんにしろ折角だ。急ぐこともねえ。挨拶してから出るとしよう」

案の定の答えを呟きつつ、日向はやおら、ひな壇に寄っていった。

――顔を出してくれとは言いましたが、いきなり真っ当なのも困りものですが。

ざわめきの中に、そんな管理官の声は聞こえた。

日向の挨拶を待ち、湾岸署を後にした。

江東区立東雲有明中学校は、有明通りに面した角地で、首都高速湾岸線の東雲ジャンクションのすぐ近くにあった。同じ敷地内に同区立の東雲有明小学校が併設された中学校だ。大型ショッピングシティ・有明ガーデンとは、有明通りを挟んだ場所になる。

立地的には、柏田がすぐそこと評していたように、湾岸署からは直線で三キロメートルほどの距離にある。歩いても一時間は絶対に掛からないだろうが、日向がヘタレる可能性があった。

もう涼真たちの捜査も五日目だ。それでこの日はゆりかもめを使い、有明テニスの森駅で降り、そこから歩いた。

十分も歩けば、学校はすぐにわかった。

交差点に面した敷地の角に建つのは、おそらく共用棟、あるいは図書館か。その壁面に学校名が、小中の並びで大きく列記されていた。

「ほう。なんか、今風だな」

見上げて日向は目を細めた。

正門は、交差点から左方、有明通りから離れる方向にあった。東京有明医大側ということになる。

正門は敷地の、ややスロープになった奥にあった。今は大型のスライド門扉が閉ざされていたが、奥からは児童、あるいは生徒らの声がいくつも聞こえた。

「ふうん。行ってみるか」

日向が動いた。

ただ、校内に入るのかと思いきや、校門左手側の敷地外に足を向けた。

そちらには、奥まで東雲有明小中学校のフェンスが続き、細い一方通行の生活道路になっていた。

フェンスの中は、並ぶ満開の桜だった。

舞い落ちる桜の花びら越しに、元気のいい子供たちの姿が見えた。

陽の差す開放グラウンドで遊ぶ小学生と、部活に汗を流す中学生。

フェンスに両腕を乗せ、日向は黙ってその光景を眺めた。暫くそのままでいた。

「いいな。明るい陽光の下の、ああいう姿。やっぱりいいわ。見ているだけで元気にならあ」

新柴又中学でも、ずいぶん昔を懐かしむ様子があった。子供らの姿に、自分の遥かな昔を重ねて見るのかもしれない。

あるいは、詰襟やセーラー服に郷愁があるとか。

少し笑えた。

「なんだよ」

涼真に向ける、日向の目が強かった。

「いいえ。ノスタルジーですか」

「ノスタルジーだあ？」

「ええ」

「馬ぁ鹿。どっちもマル害の赴任地だろ。それだけだ」

「本当に？」

「五月蠅えな。——気になんだ。俺は」

「気になるって。もしかして、子供らがですか？」

聞いてみた。

まさか、そうだという答えが返るとは思わなかったが、日向は悪びれることなく肯定した。

「そうだよ。悪ぃかよ」

「いや。悪いことはないですけど」

桜吹雪が風に舞った。

日向はフェンスを軽く叩いた。

「じゃ、次行くか」

言ったときにはもう、動き出していた。

「えっ。次って。中に入って話は聞かないんですか?」

「もう、鑑取り班が行ってんだろ。それに、ここはそもそも湾岸署の連中の管轄だ。安全センターも近くにはねえし。俺たちの出る幕はまあ、今のところゼロだな」

それが確認出来ればいい、街歩きだよ、と日向は続けた。

街歩きと言われれば、涼真に返す言葉はなかった。

歩くことは、周辺の街を知ること。歩いて肌で感じて、マイナスなことは何もない。

日向にはそう教えられ、自身でも納得している。

「さて問題だ。これから俺が、どこに行こうとしているか、わかるか」

来た道を戻りつつ、途中でそんなことを聞かれた。

「そうですね。今の感じからすれば、中学校巡りですか?　寺本の任地を辿って」

「ま、そんなとこだ」

　その後、有明テニスの森駅からゆりかもめで一度、新橋まで出た。駅ビルで少し早い昼食となって、立ち食いそば屋に入った。

　日向は小海老のかき揚げ天そばを、涼真はコロッケそばにカレー丼を大盛りで注文した。

　若ぇな、と最初の頃は日向が苦笑したものだが、最近では何も言わない。

　飯を食いながら、この後の話になった。

　本来の赴任順に遡るのなら武蔵野市の西久保中学校になるのだが、効率を考えて後回しにするという。

　西久保中学校は武蔵野中央公園近くにあり、JR三鷹駅と西武新宿線・東伏見駅か西武柳沢駅からほぼ等距離にあった。どこからも一本道で行けるような基幹道路がなく、網の目のような道で恐らく二キロメートル程度あった。

　条件は、湾岸署から東雲有明中学校までと大して変わらず、寺本の赴任中、この学校だけが二十三区外にあった。

「ここだけはいっそ、北野係長に任せちまうかってな。初動捜査は本職だろうしよ」

　これはこれで、日向の偽らざるところだったろう。

　西久保中学校と指呼の距離に、涼真も何度か通ったことがある西久保地域安全センターがあった。

日向の口にした北野係長とは、そこに勤務する、元第二機動捜査隊所属だった警部補のことだ。

昼食の後は同駅ビルのコインロッカーに回った。

ゆりかもめで新橋に出てきた理由がそこにあった。

ロッカーの中には、〈濡れ煎餅三種詰め合わせ〉がまだ三セット入っていた。

それをぶら下げて次に向かったのは清澄庭園の近くにある、江東区立明楽第一中学校だった。

仙台堀川に沿って北側にあり、堀の対岸は浄苑でうら寂しいが、補って余りあるほどに遊歩道沿いの満開の桜が見事だった。

仙台堀川は学校側がちょうど護岸工事中のようだが、もしかしたらその武骨さも、桜の〈生〉を際立たせるスパイスになっているかもしれない。元々、区の花見のポイントだとは言うが、涼真の目から見ても頷ける、納得の場所だった。

「ふうん。ここも、いいとこだな」

仙台堀川に架かる海辺橋の上から校舎とグラウンドの一部を眺め、日向は足を南側に向けた。

浄苑のさらに南側には同区立明楽小学校があり、大半の児童がそこからこの明楽第一中学校に進学するという。

といって、明楽小学校に向かったわけではない。橋を渡ってすぐにある大型ホームセンターを眺めつつ過ぎ、首都高速九号線の高架を潜れば、向かう先は涼真にも分かった。

間違いなく、永代橋地域安全センターだった。それで、〈濡れ煎餅三種詰め合わせ〉を持ち出したのだろう。

深川署に二か所あるうちの一つで、もう一か所の浜園橋には捜査初日に顔を出した。

永代橋地域安全センターは、橋の東詰めにあった。

そこに勤務する二人のうちの一人は、元向島署の地域課にいた主任で、こちらは日向とは一面識もなかった。が、もう一人、最後は滝野川警察署長まで務めた塚田喜一という警視は、問えば、日向とは古い因縁だよ、とさっぱりと笑う男だった。

この日はちょうど、塚田が勤務だった。

詰め合わせを一セット、手渡した。

塚田が淹れてくれた緑茶を飲みながら、涼真が担当して事件の概要を伝え、依頼の内容を話した。

「前校長の評判。学校の、なんでもいいから噂、か。俺も再雇用でここにきて、まだ二年だからな。街のことはまだわからないことも多い。気にしておこう」

最後に塚田は、良く光る眼で涼真を見た。

「半年で、なかなか見られる顔になったな」

「そうですか？　自分ではよくわかりませんが」

顔に手をやった。

塚田は笑った。日向は苦笑いで涼真の頭を小突いた。

「馬ぁ鹿。言ってんのは生の顔じゃねえよ。刑事としての顔、雰囲気のことだろうぜ」

「そういうことだ」

塚田は、茶のお代わりを注いでくれた。

「一朝一夕でいかようにも変わるのが、心映えというやつだ。心映えは顔に出る。いい経験を積みつつあるようだ」

そういうものだろうか。自分ではわからない。

そんなことを口にすると、塚田は目を日向に向けた。

「いろいろ言っても、お前も認めているんじゃないのか」

「えっ」

「さっき自分で、俺の言葉を倅に解説しただろうが。生の顔じゃねえ。刑事としての顔、雰囲気だってな」

「あっ」

塚田の笑顔がさらに深まった。情を絡めた、いい笑顔だった。日向と塚田の、古い縁の賜物(たまもの)だろう。

塚田はそのままの笑顔を、涼真にも向けてくれた。

「ま、なんにせよ、だ。日向の息子。前にも言ったがな。若いうちは、経験を積むことだ。見聞を広げることだ。何度、馬ぁ鹿と言われてもな」

「わかってます。馬ぁ鹿にはもう、だいぶ慣れました」

「そりゃあ、上々だ」

塚田は、小さかったが声に出して笑ってくれた。

十六

「さて、次に行くぞ」

塚田のいる安全センターを出ると、日向は先に立って永代橋を渡った。

向かうのはおそらく東京メトロの、茅場町(かやばちょう)の駅だろう。

「西久保じゃないんですよね」

念のために聞けば、日向は頷いた。

「さっきな、帰り掛けに塚田署長のとこで北野係長に電話したらよ。大船に乗った気で任せとけって言ってたしな」

「で、任せると」

「昔からあの人は、任せろって言ってんのに任せなかったら、あからさまに不貞腐れる人間の一番手だ。その分、全面的に任せりゃ人一倍の成果を上げる人だけどな。まあ、そんなんじゃなきゃ、二機捜の係長なんか張れねえってもんだが」

「そうですか。――で、本音は？」

「そりゃあ、まあよ。場所がちっとばかり、面倒臭ぇってのは、まあ、あるかな」

「やっぱり」

「んだよ。けどな、その本音で思いついたことでもあるんだぜ。何度も通ってりゃあ、これからは電話一本で任せるってのも手かなってよ。もちろん、人によるけどな。北野係長なら、まず間違いねえだろう」

「まあ。北野さんなら、俺もいけそうだとは思いますけど」

「テストケースってやつだ。やってみる価値はあんだろ」

「そうですね。こっちはじゃあ、次は桜ノ木中学校ですか」

「そうなるな」

荒川区立桜ノ木中学校は、寺本のさらに前任地だ。学校長となって初めての任地ということだった。

涼真は、先を歩く日向の背を見詰めた。

交友関係でも家族間トラブルでもなく、日向は学校関係に拘っている。しかも現在の関係だけでなく、遡った関係にもだ。

──動機はなんだという問いに対して、動機なんか逮捕してみればわかると言う向きもある。これも事実だ。

ただ、人の記憶に頼むこと、時間の流れを辿ることも、実は大事な捜査手段ではある。

どれもこれも、すべてが犯人へ至るためのアプローチだ。

いみじくもこれは、直前に顔を出した永代橋の塚田に教えられたことだ。

日向の探すものは、犯人の隠し切れない繋がり、殺害動機が生まれた瞬間、そういうものだとも塚田は言っていた。

(そろそろ俺も、そんな辺りを考えるか)

涼真は自分にそう言い聞かせた。

日向の求めるものは、何か。

日向の前に、何を見る。

日向より先に、辿り着く。

なかなか見られる顔になった、と塚田は言ってくれたが、つまりは、満点の顔ではまだないということの裏返しでもある。

――オタマジャクシに足が生えたってよ、跳べるわけじゃねえ。

以前、日向にそう叱咤されたことがある。

塚田の言っていることは、おそらくそれに等しい。

「おい。桜ノ木中学の場所はわかってるか」

日向の声で現実に引き戻される。

「わかってます」

場所は、前日のうちに確認しておいた。

荒川区立桜ノ木中学校は、日暮里(にっぽり)中央通りと尾竹橋(おたけばし)通りの交差点近くにあった。

都電荒川線さくらトラムの荒川区役所前で降りて一・五キロメートルくらいか。JRでも京成でも、日暮里駅からなら中央通りの日暮里繊維街を抜けて七百メートルくらいで、管轄は当然、荒川警察署になる。

「日暮里ですよね。そっちも、東雲有明や明楽第一と一緒で、見るだけですか」

「まあ、な。ただそりゃあ、まったくの正解じゃねえぜ」

「えっ」

「見るだけっちゃ見るだけだが、学校に入るっちゃ入るみてえなもんだ。なんたって、用事があるのはその真横、ほぼ中学校の敷地みてぇなとこだからよ」

「なんです?」

「ま、いろいろあんだわ。とにかく、行きゃあわかるさ」

日向はそう言って、日比谷線の階段を降りた。

このときはよくわからなかったが、行けばたしかに涼真にもわかった。わからなかったのは知識がなかったわけではなく、気にしたことがなかったからだ。

桜ノ木中学校の正門脇には、本当に学校と一体化するような場所に、警視庁の旧交番が建っていた。

それにしても、地域安全センターでもない。〈安全・安心ステーション〉だ。

これは当然言葉遊びなどではなく、総務省管轄のモデルケースとして、ボランティアを中心に警察庁や消防庁の協力を得て展開する事業だった。

荒川警察署管内には、警察主導の地域安全センターはない。その代わりにこの、総務省管轄で区役所が主導する安全・安心ステーションがあった。

大きな違いとしては、地域安全センターが防犯を主な目的にしているのに対し、安全・安心ステーションは防犯はもちろんだが、第一目的に防災が挙げられることだろう。

警察のOB・OGも勤務するが、場所によっては区の職員も常駐し、両者と住民が連携して運営する、地域の防災・防犯の拠点として整備された場所が安全・安心ステーションだった。

日向が涼真に、行きゃあわかるさと言ったのは、そんなステーションのうちの、〈荒川区日暮里 安全・安心ステーション〉だ。

こんちわぁ、と声を掛け、日向は引き戸を開けた。

声のトーンで在室の人間が日向の旧知だとはわかるが、涼真にとってはそこまでだ。大人しくついて行く。前に出るのは憚られた。

「はいよぉ。こんにちわ」

デスクに向かっていた男性が顔を上げ、眉を顰めた。

警察官OBだろうとは推測出来たが、安全サポーターではない。安全・安心ステーションに勤務するOB・OGは、区に委嘱された防犯指導員だ。ほぼボランティアに近い。

「って、おい。日向か」

男性が椅子から立ち上がった。皺の顔にさらに皺を深く刻んで、満面の笑みだ。

「久し振りだなぁ。いるとは荒木田ステーションの萩原さんから聞いていたが」

「ああ。二回、王子で呑んだからね。でももう、最後に呑んで一年にはなるかな。呑むと必ず、俺が払うって言いやがるんでね」

「水臭いこと言うな。それに、今度は俺も誘え。俺が払う」

「やめてくれよ。池袋んときゃあ、末松（すえまつ）さんの交番に寄っちゃあ、世話になりっ放しだったんだ。今度は俺が奢（おご）るよ。末松さんも萩原さんも、昔から大して呑める方じゃなかったし。安いもんだ」

会話で、涼真は日向と末松の関係は理解した。

末松が、日向の後ろに控える涼真を見た。

「で、そっちは」

「息子だよ」

「えっ。——ほう」

もう馴染んだ対応、見慣れた反応。

それから日向に促され、興味の視線を浴びつつ前に出て、来訪の目的を説明する。

この一連は約半年間変わらない、涼真の通常業務だった。日向との呼吸ともいえる。

末松はペットボトルのお茶をくれ、黙って話に耳を傾けてくれた。

「なるほどな。ここの中学校か」

話し終えると、末松は腕を組んだ。

「そう。九年前から十一年前かな。ここが校長に昇任して、初めての赴任地だったはずなんすよ」

「ふむ」

「俺らが自分で動いてもいいんすけど、さすがに直接に聞き込むにはまだ、マル害との関係性がだいぶ遠いしね。そんなんで、春休み中の学校を騒がせるのもどうかって話もあって。安全・安心ステーションってなあ、あれでしょ。区の職員や自治会の有志、学区のPTA役員や学校の先生なんかも、向こうから集まってくるんすよね。現役の警察官も立ち寄るって」

「そりゃまあ、地域の拠点だからな」

「俺らが知りてえのは九年前から十一年前のことだ。今いる校長や副校長は絶対に知らねえ頃だし。結構、聞く人間を選ぶんすよ。この依頼は」

「なるほど」

「それでってことなんすよね」

日向の目配せがあった。

「これ、つまらない物ですが」

すかさず、濡れ煎餅の詰め合わせをデスクの上に置く。

これも涼真の業務で、呼吸だ。

「これはわざわざ。では遠慮なく」

末松は軽く頭を下げた。

だが、その頭がふたたび上がったときにはもう、

「聞いておこう。いや、調べておこう」

目が、爛(らん)とした光を放って見えた。老いてなお、の光だ。

末松はそのままの目を日向に向けた。

「ただし、条件がある」

「なんすか」

「これからお前、荒木田ステーションに行け。今日は萩原さんが当番だ」

「えっ」

「ここから荒木田なら、行って話してればいい時間になる。一緒に呑みに行け。場所は都電で三ノ輪橋(みのわばし)だ。それで、店が決まったら俺を誘え」

「うわあ。面倒臭ぇ」

日向は憚ることなく頭を抱えた。

笑えた。

涼真は咄嗟(とっさ)に下を向いたが、堪(こら)えきれない笑いが声になって残ってしまった。

「手前(てめ)ぇっ」

日向の視線が痛かった。

「笑ってんじゃねえ。少なくとも、荒木田まではお前も一緒だ」

「えっ」

「え、でもねえ。来いっ」

そんな日向に、襟を摘まれるようにして日暮里ステーションを出て町屋に向かう。

荒木田ステーションは同名の交差点にあり、町屋の駅で降りてからは尾竹橋通りを、隅田川に向かって北上すればやがて真正面に見えた。

涼真は道々、荒木田の萩原という元警察官について日向に聞いた。

萩原は末松と同じ地域課の巡査部長で、これも末松と同様に捜査というより、生活面で世話になることが多かった人らしい。

日向が町屋の待機寮で生活していた頃、萩原は駅前の町屋交番に勤務し、その警察官人生をほぼ、荒川警察署で全うした〈お巡りさん〉だという。

「だからよ。こないだは王子だったが、そりゃ、萩原さんにそう言ってもらったから三ノ輪で呑むってなぁ、本人にじゃねえが、言われりゃ面倒だがしょうがねえ。なんたって、その萩原さんの家があるからな」

言葉に、滲むような親しみが聞こえた。

独身寮の頃と言えば、今の涼真と同じ二十代の頃だろう。色々あったことは、大いに理解出来た。

たしかに、荒木田にいた萩原は、少し強面（こわもて）だったが押し出しがよく、今も町のお巡りさん然とした男だった。

　会話の間にも、

　——おっちゃぁん。行ってきまぁす。

「おう。頑張って来いよぉ」

おそらく塾に行くのだろう小学生が、ステーション内に萩原を見掛けて声を掛けて
ゆく。それに、間髪を容れずに萩原が大きな声で応える。

いい関係だ。

こういう関係が見守りの本質であり、防犯の基本だろう。

「大変だよな。今の子は」

何人もの子供らが通り、その全員に萩原は声を掛けて送った。

そのうちには、次第に日暮れていい時間になってきた。

「月形。もういいぜ。本部に帰って、なんか手伝ってやれや」

「了解です。じゃあ」

「ああ、倅」

萩原に頭を下げ、涼真は背を返した。

その萩原に呼び止められた。

「はい？　なんですか」

「俺は刑事にはなれなかったが、町屋の駅前に長くいて、寮住まいの若い刑事を数多く見てきた。それに照らしても、まさかこの日向の教えがいいなどとは思わんが、君は今のところ、姿勢がいいな」

「はあ。姿勢ですか」

「そうだ。黙って聞いている姿勢。遠くもなく近くもなく、聞いている距離もいい。そのまま、腐ることなく、舐めることなく、真っ直ぐに育てばいいや。刑事ってのは、ときに泥まみれになる商売だ。その泥の中から、どれだけ早く立ち上がるかが刑事の資質だ。頑張れよ」

有り難うございます、ともう一度頭を下げ、外に出る。町屋の駅に向かう。

「姿勢がいいのか。俺」

歩きながら考えるが、自分のことはあまりよくわからない。

尾竹橋通りのスピーカーから、チャイムが聞こえてきた。

五時だ。しかし、聞こえてくるのは定番の夕焼け小焼けではない。

荒川区民の歌、〈あらかわ～そして未来へ〉らしい。

――俺ぁ、何度も聞いたからよ。

そういう日向の鼻歌を、涼真も何度となく耳にしていた。

十七

金曜日の夜ということもあって、日向が行きつけにしている居酒屋も混んでいた。他の曜日が特に空いているわけではないが、表通りからは一本入ったという立地もあり、常に適度に混み、適度に賑やかで、そんなところが日向の好みだった。もちろん、店の者達の態度が気持ちよく、料理も値段以上に美味く、常連に嫌みがないなどは言うまでもない。

——じゃあ、まずさ。今度、仕事抜きで呑むかい？　ここら辺は下町だろ。ちょっと自転車で流しただけだけど、結構良さげな呑み屋があったし。

何日か前、涼真に自宅マンションでそういわれたとき、一番手に思い浮かんだのもこの店だった。

捜査本部に出向中はさすがになかったが、職場である警視庁の近く、日比谷や有楽町の辺りでは何度か呑んだ。ただ、涼真が仕事抜きで、と言うのもわかるくらい、仕事の話に終始した。

職場の近くでは仕事モードが抜けないから、と思いたいが、実際にはそれ以外の話題が思いつかなかったということもある。話すことといえば、日向の泥臭い経験談か、小言の類だ。

順調に育っている。聞く耳がいい。じっと見詰める目がいい。

そんなことはなかなか言えない。いや、性格上、きっと口が裂けても言えない。

町屋に来たからと言ってさて、上司部下でなく、父と子の会話が出来るかどうか。

やってみなければわからないが、やる前から大いに不安ではある。

――へい。らっしゃぁい。

――毎度ぉっ。

店の賑やかさが、なんとも救いだ。

カウンターの端で日向は一人呑むが、空いている席はカウンターも含め、もうほとんどなかった。

さすがに金曜日の午後九時過ぎだ。

「よう。もう一本」

通り掛かった店員に、空の銚子を振る。

「あいよぉ」

呑んでいるのは最初からぬる燗だった。

冷やだ冷酒だともてはやされる昨今だが、日本酒は香りの酒だ。ほんのりとした燗をつけるのがいい。

「おっ。日向さん。ご機嫌ですね」

と笑いながら板場から、大将が冷蔵ケース越しに新しい銚子を差し出した。

「そうかい。そうかもな」

受け取ってぐい飲みに注ぐ。かすかな湯気に、米の香がした。

新柴又中学校では詰襟やセーラー服の生徒を目にした。目の輝きが若かった。潑溂（はつらつ）としていた。

東雲有明小中学校では、子供達の楽しげな姿を見た。みんな、一生懸命でもあった。

涼真には、ノスタルジーですかと笑われた。

そのときは誤魔化したつもりだが、はっきり言ってその通りだった。まさにノスタルジーだ。

ただし、想いを馳せるのは、自分の子供の頃ではない。

涼真だ。

総務部の白木（しらき）から送られてきた八ミリビデオやDVD、その映像でしか、日向は涼真の子供の頃を知らなかった。

それが生身で走ったり、遊んだり、詰襟姿で笑ったりしていた。

浸る気はなかったが、つい魅（ひ）かれた。

あれもこれも、一緒にいれば自分も涼真にしてやれたのかもしれない。

入学式、授業参観、運動会、遠足、校外学習、体育祭、文化祭、卒業式。

どれもこれも、知るのは画面の中だけのこと。

二次元でデジタルで、声ですら声ではない。音声だ。

ぐい飲みを傾ける。

美味かった。

今日はいい感じで、酔っている。

携帯を取り出し、勢いでメールを打った。

〈涼真の小学校の修学旅行は、箱根だったっけか。それとも日光か。中学の陸上は、一一〇メートルハードルだったよな〉

送信先は、月形明子だ。

新たな銚子から一人酒を注いで注いで、三杯目に携帯が鳴った。

メールの返信かと思いきや、電話だった。

涼真からだ。

一瞬驚いたが、苦笑に変わる。

涼真本人から、メールの答えが来るわけもない。

頭を切り替えて通話にする。

――いいですか。

「ああ。大丈夫だよ。お前ぇはまだ、捜査本部か」

話しながら酒を酌む。馬鹿な質問だと、言ってから思った。

時間的に、捜査会議の後の通常連絡に違いなかった。逆に言えば、捜査会議が終わらなければ掛かってなどこない時間だ。

——終わったところです。

「そうか。そうだよな。ご苦労さん」

——あれ。結構素面ですね。

「もう町屋に戻ってる。爺さん連中は、あれだな。酒、ずいぶん弱くなっちまっててよ。ビックリだぜ」

中ジョッキ二杯だった、と言って、日向はぐい飲みに口をつけた。

「今、仕切り直し中だ」

——そうですか。じゃあ、出来るだけ手短に済ませます。

涼真は捜査会議の報告を始め、日向はそれを呑みながら聞いた。

途中で一度、無言で空になった銚子を掲げ、振った。

すぐに新しいぬる燗が出てきた。

鑑取り班が確認した寺本の友人関係からは、これと言った当たりはなかったらしい。

前夜に山根班が報告を上げ涼真が補足したこともあって、学校関係者をもう少し詰めたいという話になったという。

　新柴又中学校の副校長、事務長、都教組や東京教組、非組合それぞれの中核教職員、それにPTA会長に絞り、集中的に三班を当てるようだ。鑑取り班の残りは、東雲有明中学校の周辺で広く聞き込みを続けるらしい。

　地取り班は相変わらず、地道に防犯カメラのデータ収集と確認だという。殺害場所の特定は、まだまだ遠かった。

「そうか」

　――明日はどうしますか。

「そうだなぁ」

　酒を呑んだ。

「どうすると思う？」

　――わかりません。

「ま、賢明だ。荒木田の萩原さんも姿勢がいいって言ってた。けどよ。俺の後ろで姿勢よくしててもよ。そればっかじゃよ」

　酒を注ぎ、酒を呑む。ぬる燗にしては少し熱めか。

「見えんのは俺の背中ばっかで、前が見えねえよ。ひねたって、不貞腐れたっていい。ちょっとズレて横から顔出しゃ、俺の前に何があるか見えんだろ。それがお前にとって必要か、正解か。それは俺じゃねえ。お前が決めることだ。考えろ。お前の頭で。お前の人生で」

――はい。

間はなかった。

迷いのない即答は気持ちがいい。

「明日ぁ、今日と一緒でそっちに出る。そんとき聞くよ」

――あっ。来れるんですか。

「なんだよ」

――呑み過ぎてませんか。

「馬ぁ鹿」

と言って、口に運ぼうとしていたぐい飲みを置いた。

板場の大将に、仕草で水を頼む。

「もう帰るとこだ」

じゃあな、と電話を切ろうとして、ちょっと考える。

「おっと待った」

――はい？

「その、なんだ。あれだ」

――どれですか？

「あのよ。考えろっていったら、お前のことだ。ちゃんと考えるんだろうと思ってな」

――えっ。そりゃ、まあ。

「そのよ、だからあれだ。俺ぁ、新柴又や東雲有明でよ、子供らが気になるって言ったが、あれぁ捜査ってぇか、まあ、捜査のついでには違いねえが、そのよ。やっぱりノスタルジーってぇか」

――なんです。主任にしては歯切れが悪いですね。

「あれだ。ありゃあ、お前のな――」

お前の姿がな。重なってよ。そんで見たかったし、見てたんだ。

この言葉は言おうとして、結局言えなかった。

――あ、主任。ちょっと待ってください。

途中で言葉を遮られた。

あまりに意表を突かれた格好で、日向は口を開けたまま動きを止めた。

涼真の背後が、ざわついていた。

それだけでなんとなくは分かった。

捜査本部のざわつきは、良くも悪くも情報が更新されたときだ。

――主任っ。SSBCの方で、マル害の降りた駅が判明したようです。えっと、半蔵門線の押上。これって、東京スカイツリーの最寄り駅ですね。

涼真の声に、熱が聞こえた。

「ああ。そうだな」

刑事としては日向の血も騒ぐ瞬間だが、父親としては――。

「月形。俺ぁ、ここまででいいや。新しい話は、明日聞くよ」

――了解です。

歯切れよく答え、涼真の方から通話は切れた。

お待ちどぉ、と店員がジョッキに氷水を運んできた。

半分ほど飲み、大きく息を吐く。

(いけねえいけねえ。俺ぁ、何を言おうとしてんだ。やっぱり、酔ってらあ)

首筋を叩くと、携帯が振動した。

今度こそ明子からだった。

〈思い出を語りたいなら休みの日に。休暇申請を出せば? 捜査の最中なら、今の月形涼真だけを見なきゃダメ。あなた、バリバリの上司でしょ〉

ど真ん中の正論だ。

「ま、そりゃそうだよな」

冷水を飲み干し、お勘定、と言って日向はカウンターを離れた。

十八

朝の捜査会議は、いつもよりやや早い時間に始まった。

七時前には集まり始めた、捜査員の熱気に後押しされたものかもしれない。

ひな壇の二人も、通常より十五分は早めに登壇した。

逸(はや)ってはいけないと頭ではわかっても、どうしようもなく身体(からだ)は動いてしまうものなのだろう。

涼真も、この朝は目覚めが早かった。それで、三十分は早く捜査本部に顔を出した。

通常運転なのは、おそらく日向だけだったろう。

来るとは言っていたが、会議前にはその姿は見られなかった。

良いやら悪いやら。

通常運転が冷静さによるものなら大いに頼もしい。涼真としては、二日酔いでないことだけを祈るばかりだ。

ひな壇の向かって左側には、前夜の捜査会議後に運び込まれたと思われる新たなホワイトボードの他に、一台の大型モニターが設置されていた。

ホワイトボードには事件の夜の寺本の動きが、時系列に沿って掲示されている。昨日のうちに書かれたものだ。

上板橋から東武東上線で池袋中央改札に十九時十七分、そこから東京メトロ丸ノ内線で大手町に十九時四十分頃、同駅発の半蔵門線に乗り換えて押上へ二十時頃着。

乗降の最終駅が押上と判明しただけでなく、その後のさらなる追跡で、寺本が構内からスカイツリータウンに入ったことも記述があった。

と、ここまでは前夜の成果で、この朝は捜査会議の開始直後から、その行動経路に追加の報告があった。

マル害の足取りが、さらに一部判明したという。

大型モニターは、SSBCから送られてきたそのデータを映し、全員で確認するための物だったようだ。

スカイツリータウンの東京ソラマチに上がった寺本の次の姿は、ソラマチの南側、北十間川を渡るおしなり橋の近くに見られた。

橋の北詰めはソラマチ広場へのアプローチで明るく賑（にぎ）やかに見えたが、南詰めはいきなり地元感が強い生活空間となり、民家もあって街灯や照明の数は少なかった。

寺本の姿は、その南詰めに至るおしなり公園のカメラに映っていた。

濃紺のダウンジャケットに焦げ茶のジョガーパンツ、エアクッションのスニーカー。

暗かったが、着衣は間違いなく死亡時と同じ物だった。

逆に暗いからこそ、あまり目立たない服装だということがよくわかる。

「なんですかね」

誰かが、モニターに映る寺本の動きを見咎めた。

寺本は手にしたA3ほどの紙片を広げて、首を左右に動かしていた。

「道を確認してるんじゃないか」

別の誰かが言った。

たしかに、紙片は地図のようだった。

映像は今のところ、それで終わりのようだった。

椎名がそう言った。

「わかっているのはここまでだ。そこから先の追跡が、いいか」

この日以降の、地取り班の本格的な捜査の主眼となる。

データの収集だけでなく、付近のコンビニや商店街のカメラ、民間企業、駐車場などのカメラ映像を、その場でリアルタイムで確認し、マル害の足取りを点から線につなげてゆく。

地道だが重要な作業だと言って、椎名は発破を掛けた。

「鑑取り班は、そのまま継続だ」

特にPTA会長の井桁と、その周辺。

取り巻きも含め、何度かの聞き取りに色々な綻(ほころ)び、矛盾点はすでに少なくなかったようだ。

「それでも一般人の協力者だ。くれぐれも慎重に」

椎名が発破を掛けるなら中村管理官が釘(くぎ)を刺す。水を掛ける。そういう二人のコンビネーションが出来上がっているようだった。

前夜、涼真から明楽第一中学校と桜ノ木中学校へのアプローチに関する報告は上げたが、こちらに関しては今のところ、捜査本部としての対応は何もなかった。

マル害である寺本の、校長としての赴任地は今まで五校だ。そのうちの新柴又中学と東雲有明中学の二校は、押上からほぼ同じ九キロメートル弱に位置し、明楽第一中学と桜ノ木中学は、どちらも押上から約四キロメートルの距離にある。

そこになにがしかの意図を見出(みいだ)したいところだが、三校目の西久保中学は二十三区の外だった。

つまり、明確な類似性や、事件に関するメッセージ性は、今のところ何も見られなかった。

無理に動こうとすれば、牽強付会(けんきょうふかい)の誹(そし)りは免れないだろう。

先手を打って行動を起こすほどの、モチベーションは得られない。

と、これは最後に、捜査方針として、中村管理官が口にしたことだ。

日向がやってきたのは全員が今日の捜査に動き出し、それから約二十分も過ぎた頃だった。

早過ぎず、遅過ぎず。

少なくとも、日向がひどい二日酔いに襲われなかったことはわかった。

それにしても、鑑取り班はもとより、地取り班も全員が外に出ていた。追加の捜査員と鑑識たちの班もだ。

人が大幅に減ると、日向の登場はやけに目立った。

ひな壇で、手元の資料に目を通していた中村管理官がそちらに一瞥(いちべつ)をくれた。

「日向主任。朝の会議はもう終わったぞ」

管理官の冷ややかな声が、会議室に響いた。

日向は涼真の脇で立ち止まることなく、そのままひな壇に向かった。

「わかってますよ。押上っすよね。話は聞いてますから」

「それ以降のことは？」

「これから相棒に聞きます」

中村管理官は肩を竦めた。

「日向主任。少しずつだが、今回の捜査も進んでいる。だが、デジタルと人海戦術で、ようやく牛歩の程度だ。アナログがいけないとは言わないが、どうにも私には今さらながらのアナログが、翼を広げた天馬になるとは思えないが」

「そりゃ、アナログってのがいけないんじゃないっすか。人の心こそデジタルじゃ測れないっしょ。データじゃねえし。見えないもんってのは、アナログにこそ寄り添うってもんだ。肌合いとか感覚ってなあ時代を超えて、いつになっても大事なもんだって思いますがね。ま、それが牛なんだか羽の生えた馬なんだかは、貧弱な俺の想像力じゃなんとも言えませんが」

「ふん。ああ言えばこう言う。少しも変わらないな」

「変わったらこの歳だ。俺ぁもう、刑事は続けてられませんよ」

「——期待していいんだな」

「最低限の約束でいいっすか」

「なんだ」

「邪魔はしませんよ」

多くの捜査員が出払っている分、会話は聞こうとしなくとも聞こえた。

中村管理官はそれ以上、何も言わなかった。

日向が敬礼し、涼真の方に帰ってきた。

「さて、みんなはバタバタし始めたようだが、こういうときこそ、こっちはゆっくりいくかい」

「そうですね」

「お。わかるのか？」

「多分。前にも言われましたから」

――捜査は匂いが大事だって？　熱いうちほど濃い匂いが立つって？　馬ぁ鹿。んなこたあ言われなくてもわかってる。ただよ。冷めても美味(うま)いってのもまた真実じゃねえかい？

これは半年ほど前、初めて直接に対面したときの日向の教えだ。

同じ警視庁の刑事として、ではあったろうが、このときはどちらかと言えば、父としての印象の方が強かったように思う。日向に刑事の実感が薄かったからだ。

父の口から聞く、刑事の心得。

なんとも不思議で、印象は今も鮮やかだ。

「ああ。そうだったかな。――手土産(てみやげ)は三つ、いや、四つでいいや。余ったら一個二個なら貰(もら)ってく。持ってこい」

日向はひな壇に向けて片手を上げ、外に向かった。

涼真も一礼し、ワンショルダーバッグを肩に掛け、手土産を用意して後に続いた。

午前九時半を回った頃だった。

この日最初に向かったのは、昨日も訪れた日暮里の安全・安心ステーションだ。

警視庁の地域安全センターは基本的に土日は無人になるが、区が管轄する安全・安心ステーションは開いている。

区の職員や末松や萩原のような委嘱の防犯指導員や住民の誰かしらがいて、場所を〈開放〉しているのだ。

「あの後はよ、中ジョッキ二杯の他愛(たわい)もねえ酒席だったけどよ。頼んだ件はせめて、中ジョッキ三杯くらいにはなるといいがな」

ゆりかもめの中で、日向はその酒席で仕入れた話を始めた。

この日、桜ノ木中学校では入学式の予行演習があるという。

「校長以下も集まるし、ＰＴＡも会長・副会長と学年長、あと広報委員会の連中も来るらしい。あのステーションは開いてるってぇか、そもそも、あそこで広報委員会の保護者なんかは集合することになってるらしい。未就学児を連れてくる広報の保護者は、式典の間、当番を決めて子供をステーションに預けとくんだってよ。ちょうど俺らが行く頃には、式典のスケジュールは終わってるってんで、末松さんは当番じゃないらしいが、行って話を聞いとくってよ。昔取った杵柄(きねづか)だってな、はりきってたわ」

新橋でJRに乗り換え、日暮里へ出た。

予行演習は三十分ほど前に終わったということで、涼真たちが顔を出すにはちょうどいい時間だったようだ。

ステーションの中には末松だけがいた。デスクに顔を伏せ、寝ているように見えた。

日向が手土産を持って入り、何事かを告げると末松の右手が上がり、すぐに力なく垂れた。

頭を掻き、まったくよぉ、と呟きながら手ぶらで日向が出てきた。

「どうしました？」

「二日酔いで気持ち悪ぃんだってよ。――中ジョッキ二杯だぜ。聞いとく、連絡する、今度は小ジョッキ二杯にするってよ。なんだかなぁ」

思わず笑えた。聞き込みに進展がないのは痛いが、日常の中には緊張と弛緩のどちらも必要だ。

日暮里の駅周辺に戻り、少し早い昼食を摂る。また立ち食いそばだった。

「さて、どこに回るか。JRの線路挟んでよ、向こう側には台東少年センターがあるが、そういうとこは土曜は閉まってるしよ」

「じゃあ、警察署に顔出しますか」

提案してみた。

「ああ？」

警察署とは、深川警察署のことだ。午前中に日暮里を回ると聞いてから考えていたことだった。

「明楽第一中学校に関しては、まだあまり触ってませんよね。塚田さんのところは警視庁の安全サポーターだし。吉田さんみたいなスクールサポーターとか、直接のところはまだです。だから、深川警察署の少年課、行ってみませんか？　もしかしたら休日出勤のスクールサポーターさんが出てるかも。少なくとも、あれです」

「なんだよ」

「警察署は年中無休の二十四時間ですから。間違いなく開いてますから」

「けっ。警察ってなあ、最強のコンビニエンスだな。まったくよぉ」

日向は吐き捨てるように言って、湯気の立つそばをすすり上げた。

十九

警視庁第七方面本部所属の深川警察署は、木場公園のすぐ近く、三ツ目通り沿いにあった。

管理官にはアナログなりの啖呵（たんか）を切ったが、地道な捜査も六日目になるとなかなか足腰に応(こた)える。

(ま、歳だぁな。こればっかりは、足掻(あが)きようもねえアナログの弱みだ)

諦めにも似た肯定は早い。身体に嘘(うそ)はつけないのだから。

この日は風があって、木場公園近くは向かい風になっていた。

歩くのも一苦労で閉口していると、不意に風が止(や)んだ。

いつの間にか涼真が斜め前の、風が吹く方向に回っていた。

風除(よ)けを、黙って自ら買って出てくれたのだろう。

何も言わないから、何も言わない。

ただ、気遣いの出来る部下、そういう教育の行き届いた息子だと改めて知って、強い風の中でもどこか誇らしかった。

(まさかよ、息子の背中を見ながら歩く日が来るなんて思わなかったが)

不思議な感覚だが、悪くなかった。

歳は取ってみるものだ。

そんなことを考えていると、東京メトロの駅から深川警察署はすぐだった。

中に入って通り掛かりの制服警官に案内を頼むが、少年係はこの日の当番も出払って不在だった。

その代わり、警務課に係長がいた。先に日向が気付いた。

カウンターに肘を突き、声を掛ける。

「なんだ、岸。お前ぇ。今はこっちにいたのか」

「えっ」

岸雅之、今は警務課の係長が一瞬怪訝な顔をし、次の瞬間には銀縁フレームの奥で目を剝いた。

「わ、うわっ。ひゅ、日向さん？　日向さんじゃないっすか。あれぇ。いや、こりゃあ、驚いた」

「へへっ。結構前からよ、本庁に戻ってんだがな。まあ、それにしたってあんまり表に出ねえ俺と所轄の警務課じゃあ、接点は薄かったかな」

岸は日向が池袋署の刑事課にいたとき、組対課にいた男だった。

その後、明子と色々あって日向が本庁に上がり、さらに紆余曲折あって〈モグラ〉になると決めた年、ほとんど入れ替わりで、岸は本庁の組対に上がったはずだ。

そんな男が、鬢に白髪も交じり、たっぷりと腹も出た制服姿で目の前に立っていた。

昔から老け顔で、並べば常に日向より歳上に見えたものだが、それから順調に、さらに老けたものだ。

所轄で係長は、階級は日向と同じ警部補になるが、年齢は岸の方がなんと三つも下だった。

「岸。お前ぇ、昔は俺の二つか三つくれぇ上の顔してたが、今じゃあ五つは上んなったんじゃねえか？　顔つきだけなら、もうとっくに定年だな」

うわうわ、と岸は、背後の警務課内を気にするような仕草をした。

何人かの課員が笑っていた。

今日はさすがに、土曜日だ。

「日向さん。あれですよ」

「あれってなんだ」

「いや、こんなとこじゃあ、なかなか昔話も出来ませんが」

「しようと思ってねえよ」

「じゃあ、今日はまた、なんです？」

探るように岸が聞いてきた。

「ああ。じゃあ、お前でいいや」

岸がいるなら面倒が省ける。

ということで強引に話を始める。

明楽第一中学に関して、出来ればスクールサポーターに話が聞きたかったが、土曜だったんで署に来た。

涼真に振らず、そんなことを岸の前に立ったまま自分で話した。

振るほどのことも、内容でもないが、振ったら岸も誰かに振るかもしれない。そうなると、来署の誰もが一度は経験したことかもしれないが、警察署は〈盥回し〉という技を使って面倒臭いところだ。

日向が話すのは、話をスムーズに通すための保険のようなものだった。

「ああ。そうなんですか」

日向がそこに立つ以上、岸は動けなかったようだ。

恐らく渋々だが、話を聞いてくれた。

そうなると警察官というものは、例外なく仕事が速い。

受けた話は出来るだけ手短に済ませようとするのもまた、警察署に昔から蔓延する、伝統の技だ。

「私も来たばっかりなんで、署の内外って言うか、昼飯どころのバリエーションすら、まだそんなに詳しくわからないんすけど。――あ、ただ待てよ」

岸は日向に背を向け、真後ろのデスク上でPCに向かい、モニターを見ながらキーボードを叩いた。

「ああ。今日はあれですね。この辺に限らず、あちこちの小中学校で、入学式の予行演習があるみたいですね。うちの署でも少年係が出払ってるのは、そんな理由があるようですね。交通課からもまとまった数が駆り出されてまして」

「へえ。厳重警戒態勢かい？　たかが入学式の予行演習で」

「厳重警戒じゃないですけど。たかがでもないですよ。ＰＴＡの役員とかを出席させるのは、どこも大変ですからね。俺も子供のとこで身に染みてますけど。特に小中の義務教育のうちは、みんな嫌々ですからね。それで交通安全教室とか、防犯講習とか、ミニイベントを設定しないと誰も来ないとか。来るにしても、結局は誰が出るのかの押し付け合いの結果だったりして」

「はあ、ね」

自分の子供のことだろうに、と思わなくもないが、自分の子供を蔑ろにした一番手は、なんといっても自分だった。

「まあ。そういうもんかね。へへっ」

思わず、笑いが出た。

後ろから涼真がどう見たかは知らないが、これは自嘲だった。

「あっと。日向さんは、運がいいかもしれないですね。ご指名のスクールサポーター、出勤してますね。しかも——」

岸はマウスをスクロールした。

「午前中が明楽小学校の予行演習で、午後から同様の模擬入学式が明楽第一中学校であるようで、そっちに行ってますね」

日向はシーマスターで時間を確認した。

二時過ぎだった。

岸も同様に、自分の腕時計を見た。

「二時過ぎですか。今から行けば、まだやってるか、終わってすぐくらいじゃないですか？　スクールサポーターどころか、聞こうと思えば学校関係者からも話が聞けるかもしれませんよ」

「へえ。そりゃラッキーだな。で、ここの署に勤務するスクールサポーターはよ、なんて人だい？」

日向が聞けば、岸は多少、悪戯げな顔をした。

「それは、あれです。行ってのお楽しみってことで」

「ああ？　なんだよ」

「ははっ。あの当時の本庁は魔物の巣窟みたいなとこでしたけど、多分その中の一人ですよ。行けば、日向さんなら絶対に、すぐわかるでしょ」

「ふうん」

すぐわかると言われてもよくわからなかったが、

「まあ、いいや。時間が勿体ねえしな」

有り難うよ、と礼だけは言い、

涼真が手土産を渡そうとしたが、さり気なく制止する。

「いいんですか」

「いいんだよ」

OB・OGには敬意を払うが、現役にはいい顔も見せない。

癖になると、後が厄介だ。

後とは、涼真が独り立ちした後のこと、日向にとっては後顧の憂いというやつだ。

すぐに深川署を出て、真っ直ぐに明楽第一中学に向かった。

愚図愚図していては式典どころか、学校自体が閉まってしまうだろう。

足腰に鞭打ち、三時前には到着した。

式典は終了していたようだったが、腕にスクールサポーターの腕章をつけた男はすぐにわかった。

ちょうど生徒らが下校のようで、校門の近くに腕を組んで立っていた。

行けばすぐにわかると岸には言われたが、正しく誰であるかは、日向にはすぐにわかった。

「勝又、四課長」

相手は、勝又繁春、元本庁組織犯罪対策部組対第四課長だった。

ちなみに〈四課〉は、暴力団犯罪捜査専門のプロ集団の代名詞だ。もともとは刑事部捜査四課だったものが、組対部に再編されて組対三課、四課になった。目的からして一課及び二課でもおかしくなかったものが三課、四課になったのは、元捜査四課だった者たちの拘り、矜持、ひいては捨て切れないプライドの結果だった。

警視庁の暴力団対策四課長は、いわば日本の暴力団犯罪捜査のトップと言えた。

ある時期、間違いなく勝又は、そのトップだった。

「日向。お前、日向か」

未だに衰えない眼光は、日向には強かった。目を細め、頷いて見せた。

「そうか。九州以来だ。引き揚げてきたのか。いや、——そうか。よくなあ」

感慨深げに、勝又は言った。

そんな言葉もよく響く。

昔から、背が低く痩せているくせに、やけに声のデカい男だった。そんなことを思い出した。

思い出せば、昔と今を比べられた。

短髪は長さこそ変わらなかったが、色が黒からまだらな白黒に変わっていた。

浅黒かった肌も白っちゃけ、艶がなく老人斑が随分目立った。

皺も多い。

(枯れたなあ)

見る影もない、とは口にしない。

共にある時代を戦った同志、武士の情け、と言っては、自分たちの行為を美化することになるか。

そんな勝又と日向は、日向も本庁では捜四の所属だったが、勝又とはほとんど入れ違いだった。

だから本庁勤務時代というより、日向が九州に潜ってからの方が〈色々〉と、関係性は濃かった。

本庁時代が嘘のように、濃すぎるほど濃かった。

二十

日向は九州に潜って十年もしないうちに、青猿組（あおざるぐみ）で〈いい顔〉になった。

勝又にはまずこの青猿組の、クスリの仕入れについて流した。それが関係の始まりだった。

青猿組は日本最大の広域暴力団、船場一之江会（せんばいちのえかい）の中でも、九州最大の組織だった。

中南米からの〈クスリ〉の扱い量はおそらく日本で一番多く、東京の船場一之江会系組織や独立系ヤクザ、半グレの間でも、大事な収入源にしている所は多かった。

そこを狙ったのが、勝又だった。

日向は得た情報は白木に上げることが多かったが、この青猿組のクスリに関しては直接、勝又に渡した。というか、白木を通じての、勝又からのリクエストだった。

その他にも、入管の甘い九州から入国して各地に流れる外国人労働者の斡旋のルートを流したこともある。

佐賀黒門組のシノギで、警視庁とは関係がなかったが、これも勝又の注文だった。実際にルートを潰したのは福岡県警の暴力団対策部だが、勝又は福岡に〈恩〉を売りたかったようだ。

表に出ない調査費用、恩賞だと言ってまとまった金をくれた。要る要らないの話ではなかった。

貰うのがヤクザで、日向はヤクザでいなければならない身の上だった。

――へへっ。旨くやってんじゃないっすか。

青猿組でいい顔になって、三年目くらいか。寄ってきたのが、竹田壮介というヤクザな男だった。

正しくは竹田壮介というヤクザな男を標榜する、福原慎介というモグラだ。勝又から推薦され、警察庁の白木が九州に送り込んできた男だった。そう聞いていた。

青猿組に数ある直系の中で、No.4の金剛連に〈大阪から〉の紹介で入ったと、そんな触れ込みだったはずだ。

だが、普通ならそんな、〈横の繋がり〉になるような情報も関係も、モグラ同士が知ることは有り得ない。

モグラは独立独歩。そうでなければ、不測の折に別のモグラを巻き込んでしまう危険があるからだ。

知らなければ、何も起こらない。何も動かない。連鎖やドミノ倒しは、金輪際発生しえない。

にも拘らず、この竹田に関して日向が知っていたのは、とあるとき、東京から勝又が口を添えてきたからだ。

――日向。いや、そっちでは影山だっけな。俺の部下だった男が潜った。初めから刑事にしておくのは惜しいくらいのワルだったが、案の定、こっちに居づらくなって島流しだ。ま、どうとでも使ってくれ。ワルだが、それなりに使えるはずだ。

そんな説明を受けたものだ。

影山英樹、それが九州での日向の名前だった。

勝又の言葉通り、竹田はそれなりに使える男ではあった。

と同時に、これも勝又の言葉通り、刑事にしておくには惜しいワルだった。

竹田は、売春の斡旋だろうと地上げだろうと、クスリのバイだろうと、金になることならなんでもやる男だった。

ヤクザなのだ。いけないとは言わないし、日向もやらなかったとは言わない。そこから日向も知らない情報も上がってきたのはたしかだ。

それが〈潜る〉ということだと言われれば、それまでである。

だが、竹田はやり過ぎた。調子に乗ったと言ってもいい。それで、上部組織である青猿組に目を付けられた。

ちょうどその春、勝又組対第四課長が福岡県警に、視察の名目でやってくることが急遽(きゅうきょ)決まった。

警視庁を除けば唯一福岡県警にしかない、対マル暴の本部長直轄部、暴力団対策部と内々に情報交換の場を持つためだという。

このことを竹田は、保身のために青猿組にリークした。

日向の動きもあり、警視庁の勝又といえば、九州にあっても折あらば狙うべき標的のひとつだった。

――ならよ。竹田ぁ。口で言うだけじゃなくてよ。お前ぇ、仕留めて見せろよ。

青猿組にしてみれば勝又、竹田の、どっちが消えようが構わないということだったろう。

どっちも消えればなお良しということだったか。

だから日向は、秘かに勝又・竹田の両方を止めた。

だが、どちらも何も止まらなかった。

勝又は警視庁のメンツもあり、福岡県警の警備を信じるといい、竹田は途中から日向からの電話にも出なくなった。

竹田は特に、勝又を狙うヒットマンとして地下に潜ったに違いなかった。

だから、仕方なかったのだ、と今でも思う。

九州での事々は多く、日向の中では仕方なかったのだ。

どうしようもなくなって、覚悟を決めた。

警視庁組対部の金看板でもある組対四課長の命と、モグラになって光が見えなくなった〈元刑事〉のそれを、秤に掛けることさえ出来ない。すべきではない。

一番、竹田の強引なシノギのせいで割を食っている組の奴を引っ掛けた。

№3の、佐賀黒門組の若頭の男だ。

佐賀黒門組は外国人労働者のルートを潰されて以来、そもそもがジリ貧の組だった。

――竹田だがよ。なんか東京から来るってぇ、大物を狙ってるらしいな。上手くいっちまったらおい、奴は青猿の組長から、シマの一つも貰っちまったりしてな。だからお前ぇらんとこも、な。おっと、これぁ、俺の老婆心が言わせることかもな。へへっ。そんな、あんまり気にすんなよ。大丈夫かどうかは知らねえが、滅多なことってなぁ、そりゃあ、滅多なことがねえと起きねえからよ。

そして――。

ヒットマンの居所は組の総力で調べ上げられ、秘かに鉄砲玉が送られた。

〈痴情のもつれか。暴力団員同士、深夜の大喧嘩。一人、死亡〉

日向の狙い通りだった。アクロス近くの天神の公園で、竹田は顔もわからないほど殴り倒されて死んだ。

犯人はすぐに自首した。鉄砲玉なのだから、そうなるだろう。

この一件は、全国的なニュースにも取り上げられた。

無事、警視庁に帰った日の勝又に、日向は連絡を入れた。

――気にするな。それも職務だ。

「職務、なんですかね」

――職務以外のなんなのだ。少なくとも、俺はお前に言うぞ。日向、助かった。有り難う。そして、済まなかった。

苦い思い出だった。

数あるうちの一つと言ってしまえばそれまでだが、思い出はすべてが今でも鮮明だ。

鮮明に舌に苦く、いつまでも残った。

残ってそして、――今になる。

「主任、どうしたんです」

涼真の声で我に返る。

部下の声、いや、引き戻したのは息子の声か。

「日向。いや、驚いたぞ。お前、いつ九州から」

九州――。

いけねえ。

「四課長っ」

思わず声がきつくなった。

浜園橋の元ハコ長がモグラと言ったときにも焦ったが、勝又の言葉はそれ以上だ。

「日向。どうした」

勝又が眉根を寄せる。

いけねえ、いけねえ。

「ああ。四課長。これ、倅(せがれ)です。涼真といいます」

涼真の背に手を置き、前に押す。

勝又なら、どういう状況かは瞬時に理解するだろう。

涼真が型通りに所属と官姓名を述べ、お仕事中にすいません、と言いながら名刺と手土産を渡した。

「倅？　月形交通部長の？　ああ。そうか。刑事になったのか」

「へへっ。そうなんすよ。今は捜査の最中でね。月形、聞け」

間髪容れず、涼真を間に挟んで流れを〈業務〉に引き戻す。

「ああ。寺本さんが、ここの校長だったときの話か」

勝又はすぐ、日向の置かれた現状に同調してくれた。

さすがに痩せても枯れても、元組対第四課長だ。頭の回転は恐ろしく速い。

「一般の企業より、学校は人が良く異動するからな。好き嫌い、合う合わない。まあ、警察も同じだが。そういう意味ではどこもゴタゴタするものだが、あの人が任期のうちは、特に変わったことはなかったような気がする。統制が取れて、俺が知る限りでも一番、こう、きちんとしていた気がする」

「きちんと、ですか」

涼真が聞き咎めた。

勝又は頷いた。

「なんにしろ、気に掛けておこう。忘れていることもあるかもしれん。最近、ちょっとしたこともすぐには思い出せなくなった」

勝又は言って、日向に目を向けた。

強い光は、このときはなかった。穏やかなものだ。

穏やかなら、元組対第四課長も、好々爺に見えると知る。

「お前ももうすぐ、こっち側の人間になるんだぞ」

日向は肩を竦めて見せた。

「わかりますよ。てぇか、もう始まってますから。──スクールサポーターは、定年してすぐからっすか？」

「ああ。もう、七年になる。あっちの明楽の小学生も、一年生がもうこっちに来てる」

「へえ。長えや」

「いや、子供たちに接してるとな、あっという間だ」

「そういうもんすか」

「そういうもんだということを俺も知った。俺は独り者だからな。スクールサポーターにならなければ、わからなかっただろう。まあ、わかってみたくてなったたってのもあるが」

「ああ」

わかるような、いや、わかりたいような。

九州での生活は苦く、長かった。

入学式、授業参観、運動会、遠足、校外学習、体育祭、文化祭、卒業式。

子供の成長を肌で感じられる場所で生きたなら、親の時間は矢となって流れたのだろうか。

なあ日向、と、気が付けば勝又が呼んでいた。

「なんすか」

「なあ、日向。今度、釣りに行かないか」

「えっ。釣りっすか」

「ああ。これしかない、老後の趣味だな。もっとも、初心者に毛が生えたような堤防釣りだ。若洲(わかす)公園の護岸辺りでな。ワームのチョイ投げ」

と言って、勝又は釣り竿(づりざお)を振る形に手を動かした。

「いいっすね。俺も好きでね。昔は随分行ったもんだ。今度、誘って下さいよ」

「そうか。なら、明日はどうだ。俺は非番、いや、休みでな。天気は絶好らしい」

「えっ。明日っすか」

「無理か？　道具なら一式用意するが」

涼真を見ると、素知らぬ顔をしつつ、軽く顎を引いた。

さすがに半年も経(た)てばこういう場面での呼吸も、合わせなくとも合ってくる。

いや、親子だからか。

そう思いたい部分もある。

「日曜日だし、いいっしょ。回りてえとこもたいがいが休みだ」

「なら明日、門前仲町の交差点に来い。俺の住んでるマンションが目の前だ。朝早いが、何で来る。車か？」

勝又が口にした門前仲町は、明楽第一中学からは少し離れるが、明楽小学校からなら都営大江戸線と東京メトロが共に最寄りの駅だった。それが中学だと最寄りは清澄白河になる。

「そうっすね。門仲なら、千代田線の始発っすね。それより早くってなら、タクシーになりますが」

「電車か。まあ、この時期ならそのくらいの時間でもいいか。そのかわり、俺のところからは車で行こう。その方が手っ取り早い。車は俺が出す」

「了解っす。でも、あれ？　四課長って、この辺の人でしたっけ」

「いや。だが、前は官舎だったからな」

「ああ。そうか」

「定年して、最初は賃貸マンションに入ってたんだが、中古の出物を紹介されてな。退職金を叩(はた)いて買ったんだ。俺は一人暮らしだからな。いずれ、賃貸はどうかと考えてたとこだったんだ」

「へえ。どうです？　この辺は」

日向は言って、辺りを見回した。

「へっ。聞くまでもねぇか」

「ああ。いいところだぞ」

「そうみてぇっすね」

制服の子供たちが、桜吹雪の中を会釈して帰る。

それだけで日向には目の保養であり、絶景だった。

二十一

翌日は四月三日、日曜日だった。特捜係が捜査に加わって七日目、ちょうど一週間になる。

この朝の会議に、日向の姿はなかった。通例なので誰も何も言わないが、涼真に取っては、ある意味珍しい朝だった。

日向が今頃、どこで何をしているのかを把握している。

捜査会議は定刻に始まり、まずは夜を徹した地取り班と防犯カメラ班からの報告があった。

寺本の事件当夜の足取りが、少しずつ見えてきたようだ。

ただし、寺本は監視カメラや防犯カメラのない道をわざわざ選んで歩くようで、すんなりと近隣のカメラ映像で追ってゆくわけにはいかなかった。

広範囲に探し、ときおり離れた場所のカメラ映像で発見するという、この繰り返しだった。担当の捜査員には根気と熱意を強いる、厄介な作業だったろう。

モニターで確認した箇所箇所の映像で、寺本は必ず一度立ち止まって、地図に目を落とした。

どちらかと言えば、地図に導かれて歩くようでもあった。

三百メートルほど南下した業平公園のカメラ、その後は五百メートルも東に移動した神明橋のカメラ、そのまま横十間川を渡ったところで再び南下し、戻るように次に映っていたのは、本所防災館の防犯カメラだ。

最終的にわかった範囲では、ときに大きく外れるような動きではあったが、横十間川を行きつ戻りつしながら、猿江恩賜公園のカメラにその姿が映っていた。

カメラの記録時刻は、二十一時四十九分を示していた。

真っ直ぐに目指せばそこまで、たかだか三キロメートル弱の道程を、平均的な歩行速度で計算するなら、恐らく寺本は倍近く歩いている。

今はここまでです、と告げる奈波の言葉には、疲労感も焦燥感も滲んでいた。

「なんとも狙いがつけられないので、畢竟、広範囲にならざるを得ず、今も確認作業は止めていませんし、現地では交代で二班が、今も先へ先へと追い続けてます」

「わかった。小さな点を探すような作業だが、点を繋いで線を見出す。それが捜査だ。注意を切らすな」

「はい」

「これまで以上にSSBCとの連絡を密にして、連携を強化するように」

椎名は言いながら手で示し、奈波を座らせた。代わって、ひな壇からは、おもむろに中村管理官が動き、ホワイトボードの地図の前に立った。

「今の報告で、マル害が生きて通過した場所を考慮に入れるなら、これで少なくとも北十間川と横十間川、竪川を捜査範囲から除外することが出来るな」

そうですね、と答えたのは椎名だ。

中村はおもむろに赤マジックを手にし、川と掘割のある部分に線を引き、×印を書き込んだ。

「大分、狭まってきた。鑑取り班からも一班、現地周辺に出そう。霧島、いいな」

中村が振り返る前に、霧島から、はい、と切れのいい返事が返った。

その辺の班の構成を確認し、この朝の会議は終了した。それぞれが散った。

散会の喧噪がひと通りの波立ちを終えた頃、涼真はスマホを取り出し、日向に電話を掛けた。

コールは二回で出た。いつもより早いくらいだった。

ということは、推して知るべし、か。

――ああ？

「あれ？　不機嫌ですね」

案の定、ちっとも釣れねえんだよ、と日向は言った。

――四課長は釣ってんのによ。釣りってなあ、あれだな。不公平だな。

「あれ。好きじゃなかったんですか」

――えっ。まあ、嫌いじゃねえよ。それなりにやったこたぁあんだよ。だから、嫌いってわけじゃあ、きっとねえんだと思うんだが。

「よくわかりませんけど、報告です」

本当にわからなかったので早めに切り上げた。

涼真は釣りはよくわからないが、電話のタイミングが悪くて魚を逃したら、後で文句を言われそうな気がした。

会議の内容を、掻い摘んで話した。

――そうか。ま、こっちは四課長の記憶も釣りも、成果はねえけどな。そっちはそっちで、よろしくやっといてくれ。こっちもこれから、本気出すからよ。

「はあ。本気ですか。どういう」

――おう。釣れるまでやるってな本気だ。

「あ、釣りの方ですね」

――昼間は釣れねえって聞いた。釣れなきゃ夜までやるぜ。

なぜか、お大事に、という言葉が口を衝いて出た。

その後、また防犯カメラ班のデータ確認を手伝うかと思う涼真のところへ、中村管理官が寄ってきた。

捜査は二人一組が基本だ。

外に出てしまえば目的によって実際のところは臨機応変だが、捜査本部内に一人でいるとやはり目立つようだ。

「今日はどうした。動かないのか。日向主任はどうした」

矢継ぎ早な質問があった。

「なんと言いますか。情報収集のような、休日のような。日曜日ですし」

中村は首を傾げた。

「わからんな。日向主任は一体、何をしている」

「釣りです。おそらく、若洲公園で」

「釣り？　俺もやらないじゃない。若洲海浜公園は知っている。行ったこともあるが。

そっちじゃないのか?」

「いえ。主な釣り場は、現在若洲公園側です。都から区への移管がありましたから」

若洲公園は、江東区若洲三丁目にある東京湾に面した海上公園だ。そもそもは都の埋め立てによって若洲海浜公園として誕生した。ゴルフ場やゴルフ練習場、サイクリングコースなど、各種のレジャー施設がある公園だった。

そのうちのゴルフ場と並ぶ目玉が、海釣り場だ。公園の奥側から東京ゲートブリッジに沿うように約五七〇メートルの防波堤が伸び、その入り口から西北側のキャンプ場前面はフェンス付きの護岸で、同東南には四八〇メートルほどの、磯遊びも出来る人工磯が整えられ、そのどこでも海釣りを楽しむことが出来た。特に防波堤は、釣り専用の管理施設として整えられ、誕生当時から人気のエリアだった。

それが、平成十八年(二〇〇六年)からは人口磯から西側の釣り場やキャンプ場、多目的広場が東京都港湾局から江東区に移管され、江東区立の公園になるという経緯があった。

「ああ。そうだったな。管轄の変更があるわけではないが、たしかに都庁方面から報告はあった気がする。——で、そんなところで日向主任は釣りだと」

「はい」

「あの人のことだ。単なるレジャーではないだろう」

なかなか読む。いや、日向という男を知っているということか。

「恐らく。本人の記憶も釣果も今のところ、さっぱりだと主任は言ってましたから」

「本人？　そうか、誰かと一緒なのか」

「ええ。現在深川署でスクールサポーターをしている勝又元組対四課長と」

「かっ。え――」

一瞬中村は息を詰めた。

「なんだって。か、あの勝又さんとか？」

涼真は頷いた。

「管理官はご存じですか。勝又元組対四課長を」

「ご存じなんてもんじゃない。俺は、ちょうどその年に警察庁(サッチョウ)から捜一に異動になったんだ。あの人は捜四の最期を看取(みと)った中の一人で、最初の組対部組対第四課長だ。印象は強く、思い出は深い。そして――」

ときに鬼とも、ときに仏とも言われた人だ、と中村は勝又の印象を総括した。

「たしか、七、八年前に定年で退職したはずだが。そうか。おう、そうだ。言われて思い出した。その後、たしかにスクールサポーターに再雇用の希望を出していた。組対の大ボスが子供の非行防止の役職は、合っているやら意外やらと、庁内で時の話題になった気がする」

「そうなんですか」

「ああ」

と言って、中村は遠い目を窓の外に投げた。

人に歴史も思い出もあり、か。

勝又が捜四を看取った、というからには平成十五年（二〇〇三年）、今年でちょうど五十歳だと聞く中村は三十一歳のときだ。

中村も当然、色々あったに違いない。あって乗り越えた者でなければ、捜一で管理官などそうそう張れるものではない。

そんな中村の〈色々〉の頃、勝又が組対第四課長になった頃に、日向はどう関わっているのだろう。

「管理官。お聞きしてもいいですか」

思わず、興味が口を衝いて出た。

「なんだ」

「そんな管理官や勝又組対四課長と、日向主任との関係は」

一瞬だが、中村の目が光った。見間違いではない。それほどに強い光だった。まるでスパークのような。

「なんだ。興味があるのか」

「主任からはなんでも学ぼうかと。管理官にも、どういう警察官を目指すかは君次第だが、一見の価値はあるのかもしれない、と言って頂きました」

「言った。だが、私には必要ないとも言ったはずだ。日向主任は勝手なことばかりする人で、今でも認めるわけではないともな」

「はい」

「お前が知ろうとしていることはその、俺が絶対に認めることの出来ない部分だ。知りたいなら本人に聞け。金輪際、俺が口にすることはない」

「はい」

なるほど、勝又元組対四課長だけでなく、日向の思い出も深いのかもしれない。深い深い思い出の、光の差さない底の底。

認めることの絶対出来ない思い出なら、安置される場所はそんな辺りか。

一気に浮上させれば泡と消える。

口にすることはないのは、したくないからではなく、出来ないのかもしれない。

「ただ、そうか。釣りか。日向主任が釣りとはな」

中村がそんなことを口にした。話の向きを変えようとしたのかもしれない。

現状が動かないなら、乗る手だった。

「主任に釣りは、そんなに変ですか？」

ああ、と言って中村は頷いた。

「無趣味の塊。刑事として生きることが趣味のような人だった。ああ、池袋当時の課長には何度か、無理矢理ゴルフに連れて行かれたらしいが。一人で走り回って、汗を掻いてな。本人は、ゴルフはそんなものだと思っていたようだ」

「そうですか。じゃあ、釣りは」

「私より上の世代だ。子供の頃の遊びから言えば、行ったことがないということはないだろうが。少なくとも私は聞いたこともないし、第一、あの人には似合わないだろう」

言われれば、たしかにそんな気はした。

――ちっとも釣れねえんだよ。

不必要に竿を動かしたり動かさなかったり。糸を巻いたり巻かなかったり。

やはり釣れないには釣れないなりの、わけがあるのだろう。

二十二

捜査本部内の手伝いに忙殺されていると、すぐに昼になった。

この日は最初から手伝いとわかっていたから、弁当を作った。

と言って、特に手が込んでいるわけでも豪華なわけでもない。

賞味期限が切れそうな八枚切りの食パンが四枚余っていたので焼き、同様に消費期限が切れそうな野菜類とハムを刻んでマヨネーズで和えて挟んだ。

そんな程度の物だから、ラップで包んでいかにも手作りとわかっても、誰も何も言わない。

当然、羨ましがる者もいない。

フードロス・ゼロを志向すると言えば聞こえはいいが、ただの節約だ。

見えないものを見つけ出す作業を繰り返し、やがて夜となった。

この日の防犯カメラ班には、目立った成果はなかった。

誰の顔にも、疲労の濃さは明らかだった。涼真にもだ。

だが、作業班の中には、一睡もせず確認作業を続けている者達がいた。

きちんと寝た涼真は、黙々と自分に与えられた作業をこなすだけだった。

手伝いはただ黙々と続けることで、班の主力を下支えする力になる。

これも、涼真にとっては各所への出向で覚えた、大事なことだった。

やがて、夜の捜査会議が始まろうとする時間になった。

三々五々集まってくる捜査陣の小さなざわめきのうちに、涼真の携帯が振動した。

知らない番号だったが、かなり多くの情報提供者に自分の名刺は配ってある。

知らない番号こそ、諸々(もろもろ)の作業に新味をもたらすスパイスだと心得ている。

スリーコール。

取り敢(とあ)えず、ワン切りでないことだけを確認して出る。

「もしもし」

——ああ。月形君。高砂センターの村岡だけど。

通話の背後がずいぶん賑やかだったが、声には聞き覚えがあった。間違いなく、村岡静子元綾瀬署交通課主任だった。

「ああ。どうも」

——君の名刺しかなかったからこっちに掛けちゃったけど、今、大丈夫？

「大丈夫ですよ」

——そう。実はさ、明日でも良かったんだけど、善は急げって言うし、悪は蔓延(はびこ)るって言うし。だからそれならどっちかって言えば、早い方が無難だしいいと思って。ほら、抱えとくとさ、忘れちゃうかもっていうのもあるじゃない？

「あるんですね」

——そうなのよぉ。

舌がよく回るというか、村岡はやけに陽気だった。

「で、お話とは」

――そうそう。私さ、あれから色々、頑張ってるわけよ。

「はあ」

――そしたらさ。あれよあれ。あれ？

「あれなんですね」

――そうそう。うちのセンターのすぐ近くにある中学はさ、高砂中学って言うんだけど、一キロちょっと、柴又街道を越えた辺りにも、別の中学校があるのね。でさ、向こうのPTAの会長さんがね、こっちの高砂の会長さんの旦那さんの妹でね。とっても仲がいいんだって。

何やら混乱しそうだった。取り敢えず、ペンを取って、手近なところからメモ紙を寄せた。

――それでこっちの、高砂中学の会長さんがね、交通安全指導とかでさ、私も仲良くなってね。で今さ、高砂の駅の近くのもつ焼き屋さんでホッピー呑んでるんだけど。私は黒で、会長さんは白。ほら、この辺ってさ、昔から結構、もつ焼き屋さんが有名でしょ。

なるほど、呑んでいるわけか。それで周囲の賑やかさは納得だった。

舌の回りと陽気さがアルコールの力に依るものかどうかはさておくとする。

「状況は理解しました。それで、電話を掛けてきた用件とは」

──ああ。そうそう。話してても忘れそうって、やだわよねぇ。

「そうですね。でもそれは村岡主任が、無関係な話をちょいちょい挟むからじゃないですか」

──あ、怒った？　怒ってないわよね？　じゃ、進めるわね。で、向こうの会長さんが言ってたのを、今さ、ホッピー呑んだら思い出したんだって。区P連の集まりのときにさ、向こうの会長さん、ちょっと反対意見を言ったんだって。結構鼻っ柱の強い女性らしくてさ。そしたら、新柴又の会長さんに後で呼ばれて言われたんだって。

絶対に痩せるクスリがあるんだけど、欲しくない？

「えっ」

意外な言葉だった。胸に引っ掛かるものがある。

──どう？　良くない？　これってさ、刑事の勘ってやつかしら？　あらやだ。私って刑事じゃないし。じゃあれよ。ミニパト乗りの勘ってやつかも。

背後から、

──あはは。そうよそうよ。月に代わってお仕置きよぉ。

と濁声(だみごえ)が聞こえた。

かんぱぁい、とも続いた。

村岡も電話の向こうで、乾杯に声を合わせた。

際限がなさそうなので、ひとまずの礼を言って切った。

そのまま、日向の携帯番号を呼び出して掛けた。

留守番電話だった。

三度掛けてみたが、結果は同じだった。日向は出なかった。

釣れているからか、いないからか。

（あとでまた掛けるか）

そう判断しつつ携帯を仕舞うと、周囲がやけに静かだった。

一同の視線が、涼真に集中していた。

「あ、何か」

立ち上がって、聞いてみた。

「それはこっちのセリフだっ」

壇上から椎名のカミナリが降ってきた。前方の席で、関係のない柏田が首を竦めたほどの大声だった。

「捜査会議が始まっている。特捜係には集中力も、事件に真摯（しんし）に向き合う気概もないのか！」

「はっ。申し訳ありません」

素直に頭を下げた。

だが、それだけでは終わらない。

萎縮も緊張もしない。

ひな壇の怒声は叱咤(しった)でもあり、激励でもあり、ときに事件を動かすためのパフォーマンスでもある。

下げた頭を上げて、涼真は顔を真っ直ぐひな壇に向けた。

今の村岡の情報は、間違いなく披露する価値はあるだろう。

絶対に痩せるクスリがあるんだけど、欲しくない？

そのままを告げた。

「なんだ」

と口では言いながら、椎名の目には刺すような光が灯(とも)った。隣の中村管理官にも、多くの捜査員にもだ。

特に、霧島の目に光が強かった。

「わかりませんが、これから考えたいと思います」

「──そうか」

誰もが、それぞれに考えるところがあるようだ。椎名にしてもカミナリはどこへやら、毒気を抜かれたような感じになった。

着席しようとすると、携帯が振動した。

「すいません。主任からです」

それだけ言って、涼真はそのまま会議室の外に出た。

止める声はなかった。

捜査会議を始めるが、とそんな椎名の声が聞こえた。

「もしもし」

通話にした。

──ああ？　なんだよ。

午前中と変わらない、不機嫌な声が聞こえた。

「やっぱり不機嫌ですね」

どうやったって釣れねえんだよ、と日向は言った。

──俺の前の海にはよ。魚はいねえみてえだな。

「そんな、みんな同じ東京湾ですよ」

──いいや。絶対に俺ぁ嫌われてる。

少し笑えた。

日向らしいと言えば日向らしいが、少年の気配も混じるようだった。

一緒に釣りに行ったら、どんな感じなのだろう。

父との思い出がない。

主任との今を、思い出に変える。

父と主任が、混ざり合う。

――で、なんだい?

「いえ。特には」

明日でいい。

そう思えた。

背中ばっかり見ていると前が見えない、と言われた。

横から顔出しゃ、俺の前に何があるか見えんだろ。それがお前にとって必要か、正解か。それは俺じゃねえ。お前が決めることだ。考えろ。お前の頭で。お前の人生で。

反抗期に入ってみるか。

そんなことが思われた。

考えてみよう。

「いつまで釣り場にいるんですか」

――釣れるまでだよ。

じゃあお大事に、と言って、涼真は電話を切った。

二十三

「あれ」

翌日、涼真が捜査本部に入ると、すでに日向が所定の場所に座っていた。

デスクの上に、空の紙コップがあった。コーヒー染みの感じから、直前に呑み終えたばかりには思えなかった。だいぶ時間が経過していた。

「よう。おはようさん」

壁の時計を見ると、まだ七時半にもなっていなかった。

涼真が出てくる時間を間違ったわけではない。

日向は座って足を組み、ふて腐れたような感じだった。

目が赤く、天然パーマと白髪が混じった髪も、いつもより波が立って見えた。

要するに、ボサボサというやつだ。

「主任。もしかして、夜明けまで」

「聞くなよ」

こういう場面でも、いやこういう場面ならばこそ、呼吸というのは大事だ。省略や簡略は、ときに関係を保つ上で無音のアクセントになる。

「なるほど」

全部わかったので、深く会話を掘り下げることはしない。掘っても噴出してくるのはおそらく、貴重でも希少でもないガラクタ同然の愚痴ばかりだろう。

涼真も定位置に座り、前夜に高砂の村岡から聞いた話をした。

「ふうん」

そう言ったきり日向は瞼（まぶた）を閉じ、暫時、押し黙った。

無精髭（ぶしょうひげ）の伸びた顎を触り、触り、その触っている動作があることで、ひとまず、眠っているわけでないことだけはわかった。

やがて瞼を開いた日向は、思いっ切り赤い目を涼真に向けた。

「どう思った？」

恐らく、そんな風に振ってくるだろうとは予測していた。

涼真自身、前夜から考えていたことでもあった。

「俺の感覚で良いですか」

「お前の感覚が大事だ」

日向はそう言って、デスクの上で頬杖（ほおづえ）を突いた。

「こんなときのために行かせてたわけじゃねえが、こんなことも有ろうかと思ってなかったわけじゃねえし」

「回りっくどいですね」

涼真は日向の意向で、ときおり組織犯罪対策部暴力団対策課広域暴力団対策第二係、あるいは生活安全部保安課査察係に〈出向〉した。

絶対に痩せるクスリがあるんだけど――。

村岡から聞いた言葉は、そのどちらの部署でもよく聞いた〈呪文〉、いや、手口の一つだ。

覚醒剤や麻薬、各種危険ドラッグ。

中でも手軽さや流通の程度から、MDMA、あるいはPCP。

〈絶対に痩せるクスリ〉とは、風俗店で働く者たちはもとより、一般家庭の主婦層へもそういった薬物が浸透してゆく魔法の呪文であり、興味を引き出し警戒心を緩めるためのキーワードでもあった。

新柴又中学校の井桁会長が口にしたその言葉が、そのまま危険ドラッグに直結するものかはわからない。

いかがわしい宗教の勧誘にももちろん使われるだろうし、単なる口コミの、愚にもつかないインチキ商品を信じ込んでいる場合も、あるいは信じ込まされている場合もある。

いずれにせよ、何事においても〈絶対〉などということは有り得ない。信用を喚起しようとして連発されつつ、その実、ただ嘘を振り撒いているだけの茫漠としたワードに過ぎない。

クスリが大いに匂いますが、と言えば、日向は頬杖を解いて頷いた。

「それで」

「前校長が一年で音を上げたほど強い、教職員組合の役員やPTAの井桁会長を、寺本は半年足らずで手懐けた。特に井桁会長は、一年前はもっと太っていたって、これは主任が高砂で聞き込んだ話でしたよね。マル害の寺本が赴任してきたのが一年前です。そこから半年で手懐けた。井桁は痩せた」

「それで」

「絶対に痩せるクスリという言葉は、実は寺本から井桁にこそ、最初に掛けられた呪文なんじゃないかと。その前の学校にしても、寺本は出来る人だったと聞きます。出来るとはどういう意味かを考えれば。もしかしたら、そっちでも使ったのでは。リリーフエースというワードもあります。それならその前も、その前も」

「それで」

「寺本がまず持っていたのでは。売っていたのかは別の話ですが。使ってはいた。自分にかどうかは別にして、他人には。そのトラブル。——俺は、濃い線だと思います」

「そうだな」

日向は言った後、椅子の背もたれに上体を預けた。

「いいんじゃないか。まあ、一つの線だが。手札にはなる」

と——。

「その手札。貰っていいですか」

気が付けば、近くに霧島が立っていた。

日向の方からは見えていたはずだが、中央の通路側に座る涼真は気付かなかった。

いいよ、と日向はあっさり言った。

「えっ。いいんですか」

かえって先にくれと言った霧島の方が意外そうだったが、いいよ、と繰り返し日向は言った。

「捜査はゲームじゃねえ。勝った負けたも、億万長者も一文無しもねえよ。競い合うのが悪ぃとは言わねえが、大事なのは、早く終わらせることだ。そうすりゃ、残された者たちも色んな整理を進められるようになる。俺たちも家に帰れる。自分の布団で眠れる。これぇ刑事の、長生きの秘訣かもな」

「肝に銘じます」

頷きつつ、霧島は涼真に目を向けた。

「貰うぞ」

涼真は肩を竦めた。

「上司がそう言ってますから。部下としては逆らうのも面倒なので。これも長生きの秘訣です」

「そうか」

霧島は、かすかに笑ったようだった。

「この親に――いや、この上司にして、この部下有りだな」

やがて定刻となり、中村たちがひな壇に座った。

そこへ、ゆらりと席を立った日向が向かった。

最初こそ中村以下が怪訝な顔をしているが、話すうちに頷くことが多くなった。

――いいのか。

かすかにだが、中村管理官の声がそう聞こえた。

それだけでわかる。

昨夜の情報を、この瞬間から日向は霧島に譲渡することを椎名係長に伝え、その差配に委ねたのだ。

日向ならきっと、

――いいも悪いもねえでしょう。やれる奴、やろうとする奴が動く。動かす。そうすりゃ物事はいやでも前に動く。で、やれねえ奴、やろうとしねえ奴は黙ってる。黙らせとく。それで万事、物事ってのはやけにスムーズだと思いますがね。

そんな辺りのことを答えたかもしれない。

キメ細かな心配り、と言えるだろう。

刑事は雑に荒いばかりでは勤まらない。全方位に目を配り、心を配るのだ。

日向が戻って、捜査会議が始まった。

幾つかの報告があり、内容が今日のスケジュールや目的に移った。

椎名係長が声を張る。

「地取り班は引き続き、殺害現場の特定を。もう少しだ」

――はい。

声が揃（そろ）う。

「五月蠅（うるせ）えけど、いいな。声が揃うってのは、心が揃うってことだ」

日向が言う。これも教えの一つだろうか。欠伸（あくび）をしながらというところが曖昧だ。

「次、鑑取り班だが」

椎名は話を続けた。

「霧島班はPTA会長の井桁に専従。昨晩の特捜係からの情報もある。場合によっては近々の任同、任意同行も視野に入れるように。ただし、わかっているとは思うが、その分、くれぐれも捜査はより慎重にだ」

はい、と霧島の声が響くように聞こえた。

「その他の鑑取り班は、マル害の身辺をもう一度洗い直すことと、東雲有明中学を始めとする、マル害の校長としての赴任先を洗うことに主眼を置くこととする」

椎名が中村の方を見る。

中村管理官が立ち上がり、以上だ、と終了を宣言した。

皆が一斉に席を立つと、熱気が渦を巻いて室内に風が起こるようだった。

「さて。俺らも動こうか」

日向が言った。

「どこへ。――いえ、行きましょうか」

「ほう。わかるかい」

「最初に行くところなら」

高砂ですよね。

土産を持って。

「正解だ。今からなら午前中に行けるだろう。またプリンが出るかもな」

「ですね」

涼真は動こうとすると、

「ああ。月形。高砂にゃあ、あっちの手土産を持ってくぞ」

日向は、捜査本部の片隅に置いてある段ボール箱を示した。

例の進物キャンペーン（業務用）の、〈濡れ煎餅三種詰め合わせ〉が入った箱だ。

「えっ。でも主任がこの前、新橋に運んだ分から高砂に持っていきましたよね。同じ物って、なんかそういうのに村岡さんは目敏そうですけど。かえって、不機嫌になったりしませんかね」

「馬ぁ鹿。大丈夫だよ。お前ぇは、その辺がまだまだ甘ぇや」

と、言われても――。

「わかりませんけど」

「高砂の安全センターの、一番奥のロッカーによ。他に濡れ煎餅、メーカー違いで三箱あったぜ」

「えっ」

「あの婆さん自体が好きか、よくセンターに立ち寄る好きなのがいて自分で茶請けに持ってきたか。なんにしろ、あそこに濡れ煎餅は、重なって困るもんじゃねえだろうな」

「へえ」

思わず感嘆が声になった。

(まだまだだな)

そう思えば、苦笑しか出ない。

まだまだだ。

狐(きつね)にも狸(たぬき)にも、まだまだ自分はほど遠い。

二十四

高砂地域安全センターに濡れ煎餅を届け、この日は他に、午後になってから浜園橋、水神森、平和島地域安全センターまでを順に回った。

浜園橋は単に、依頼事をきちんと覚えているかどうかの〈定期巡回〉だった。それで日向は、最初から手土産は無しという判断だったようだ。

「持ってて渡さねえのもなんだかなあってな。だから、あの業務用は高砂分だけでいいや。その後はもう少し、ちゃんとした物を渡してえからな」

と、そんなことを言った。

案の定と言ってはなんだが、浜園橋の北村は、隣接する公衆トイレの清掃に忙しくしていた。

――黙って掃除していても、この塩浜一丁目のことは俺の耳に入ってくる。こないということは、今のところ何もないということだ。言っておくが、一丁目以外のことはしらん。

頑なにも聞こえるが、もしかしたらそれこそが地域安全センターの本分なのかもしれない。

以降のことも念を押すように頼み、次に回った。

向かったのは、水神森地域安全センターだった。

北十間川と横十間川、竪川がSSBCの協力もあり、捜査範囲から除外された。

水神森はそもそも北十間川の下流域だったこともあり、安全サポーターの水田が繋ぐマリーナ関係からの情報が狙いで訪れたセンターだった。

だが残念なことに、その関係からの情報は何も上がってはこなかった。あとは釣り人の目撃談でもあればと期待したが、事件発生から八日も経って〈ボウズ〉なら、期待は限りなく薄いだろう。

だったらもう、今回は終わりにしてもらってもいいだろう、という判断と決断を日向がした。

　本庁同様、諸活動用、安全センターだとて、どこも暇を持て余しているわけではないのだ。

　定年警察官の再雇用就職先と言えば聞こえはいいが、警視庁が雇用者に甘い顔で楽な仕事を与えるわけもない。

　水神森への手土産はさすがに濡れ煎餅ではなく、亀戸勝運商店街の和菓子屋、〈山町〉で買い求めた亀戸梅屋敷限定品の和菓子詰め合わせだ。

　水田は気持ちよく、了解してくれた。

　こっちこそな、と言ってくれたのが何よりだった。

　そうして、最後に回ったのが、この段階では水神森と同じ〈ボウズ〉の、平和島地域安全センターだった。

　どこに行っても、地域安全センターは狭いのが普通だ。旧交番をそのまま居抜きで使用しているのだから、まあそれが当然と言えば当然だろう。

　だが、平和島地域安全センターは、戸前が東京モノレール・流通センター駅の敷地内に開かれている分、他人の褌（ふんどし）ではあるが〈有効専有面積〉が他のセンターよりだいぶ広く感じられた。

　そこにたむろするように、似たようなフィッシングベストに〈ＳＨＩＭＡＮＯ〉の防水キャップを被（かぶ）った長靴姿の男たちが七人ほどもいた。

夕まずめを狙う釣り人たちだろう。

そういう愛好家たちが安全センターを芯にして集う分、専有地感も強めなのかもしれない。

いつ来ても、結構な人数が安全センターの内外にはいた。

釣り具屋があるのかと見紛（みまが）うほどで、実際、涼真たちが訪れたときにも、生餌（いきえ）とオモリを求め、中に声を掛ける若者がいた。

この日は、熊川元主任がセンターに詰める順番だった。

「オラオラオラオラ。勝手に入ってくんじゃねえよ」

名前に負けない体躯（たいく）で若者を外に押し出しながら、熊川は白髪の混じった髭面（ひげづら）で唸（うな）るように言った。

「何度言ったらわかんだ。ここはキャス○ィングでも上州○でもねえ」

「うえ。何度って言われても、俺、初めてっすけど」

「なら、今覚えろ。だいたい、みんな同じ格好ばっかで見分けなんかつくか」

「酷（ひど）いなあ。このキャップは限定モデルなのに。でも、じゃあここはなんすか？」

「元警察官と釣り好きがな、楽しくやっとこだよ」

「楽しくやるとこなのに、餌やオモリは売ってないんですか」

「五月蠅ぇ。だから物を売るとこじゃねえってて、元警察官が言ってんだろうが」

熊川が喚き、周りで見ている釣り人たちがやけに楽しげだった。

まるでクマのような熊川が怒鳴っても空気が緊張しないのは、人徳というか、人柄だろう。そういう男だから、安全サポーターが勤まるのだ。向いている、ということかもしれない。

涼真たちが寄っていくと、ちょうど夕まずめのタイミングが近付いてきたようで、少しずつ釣り人たちが思い思いのポイントに動き始めるところだった。

――おい。兄ちゃん。持ってねえなら俺が分けてやっから、キャナルウォークの護岸からでいいなら、一緒に来いよ。

――あ、有り難うございます。じゃあ。

先程の若者も、そんな風に誘ってくれる者があって離れていった。

涼真は安全センターの中に入り、パイプ椅子に腰を下ろした熊川に挨拶した。

「おう。日向の倅」

平和島は、もう何度も訪れたセンターだった。一人でも顔を出せる、幾つかある涼真にとっての〈拠点〉の一つでもある。

途中で買ったクッキー缶を手土産に、勝手にパイプ椅子を引き出し、話をする。

「さっきまでいた連中にも聞いた。毎日聞いてんだがな」

つまり、皆目だ、と熊川は髭面を撫でながら言った。

出されたお茶一杯分の話をした。

「で、日向は外で何やってんだ」

「一個前の安全センターでお茶飲み過ぎたって言ってます。もう入らないって。それと、釣り人がいたら聞きたいことがあるって言ってましたね」

「ほう。なんか捜査に着想ありか」

「そうでもないと思いますけど」

湯飲みを干し、腰を上げる。熊川もついてきた。

「だから、竿の動かし方が雑なんだって。おっさん、センスねえなあ」

まだそこに居残っていた釣り人に、どうやら日向はレクチャーを受けていたようだ。

「誰がおっさんだ。いや、おっさんは許す。センスねえとはなんだ。たかが釣りじゃねえか」

「うわ。たかがって言っちゃうところがノーセンスだぜ」

顔を出した熊川が黙って中に戻った。

「主任。行きますよ」

平和島地域安全センターはそこまでだった。

それから、涼真は真っ直ぐ捜査本部に戻った。

湾岸署に帰着する頃には、もうすっかりと夜だった。

とはいえ、日没は随分遅くなったが、時計を見ればまだ六時半にもなっていなかった。

この帰路は、日向が特に何も言わず湾岸署までついてきた。

殊勝なこともあるものだと思ったが、着くなり署長室に向かい、署長と交渉して仮眠室にレンタル布団をもう一セット入れさせたようだ。

「寝てねえんだ。この時間まで保ったたけでも、俺ぁ自分で自分によ、まんざらでもねえなって言ってやりてぇくらいなんだが」

そんなことを言って、日向は仮眠室に向かった。

そう言えば午後からは特に、前に出なかったなと思い至る。

日報などの整理をしていると、やがて捜査会議の時間が近付いてきた。地取り班も鑑取り班もほぼすべてが戻り、この夜は涼真が捜査に加わった日以来、一番の大人数になった。

ひな壇にいつも通りの中村管理官と椎名係長が向かい、管理官が口を開こうとしたときだった。

その管理官の目が会議室の扉に動き、声を発するより先に立ち上がった。

椎名も管理官の動きに倣った。

「おっと。そのままそのまま」

少し低く、それでいて通る声には涼真も聞き覚えがあった。

現刑事部長、佐々岡晃の声だ。

見れば壁際を杉谷署長に先導されて、佐々岡の後ろには捜査一課長の大野一学の姿もあった。

痩身の大野に対し、昔から恰幅がいいという佐々岡は、対比としてより大きく見えた。

「俺らぁ、こっちでいいからよ」

向かって右側のひな壇の端にさらにテーブルがつけられ、そこに佐々岡以下三人が並んで座った。

佐々岡の目が広く、会議室を見渡すように動いた。どこを見ているかわからない細い目、しかし、なんでも見えていると噂の千里眼だ。

(第三方面の眠り狸か)

母・明子から佐々岡のことを聞いたのは涼真が中学生のときだ。

それが高校生のときには、呼称は警備の古狸に化けた。

「一同、起立っ」

椎名の声で我に返り、慌てて涼真も立った。

「いいからいいから」

佐々岡は手で、全員に着席を促した。

「いやあ。もう少し早く激励に顔を出すつもりだったんだが、別の本部の方がな。そっちの方が先に立ったってのもあるが、八王子だからな。なんといっても、遠くってよ。なかなか進展がねえってのもあるが、そっちと本庁の往復で日が暮れちまってよ。悪ぃな」

片手を上げる。一番後ろから見る涼真にはそれだけで分かった。

全員の背骨に、芯が入った感じだった。

この激励、このタイミングが、佐々岡という刑事部長だ。

「では、捜査会議を始める」

改めて中村管理官が宣言した。司会はいつも通り椎名係長だ。

椎名が佐々岡たちに目礼し、会議は始まった。

鑑取り班からは、椎名に指名されて霧島が立った。

「新柴又の井桁PTA会長と都教組の校内役員、倉持（くらもち）という男性教諭ですが、この二人を参考人として、任意で別々に呼ぼうかと思ってます。初手としてはどちらも日程調整を許して何人かを張り付けようと思ってはいますが、どちらも恐らく、ちょっと〈揺すれ〉ば同意するはずです」

「どんな〈揺すり〉だ」

「七日の入学式です。どちらにも大事な式典でしょうから、気持ちよく出たくはないですか、程度で十分かと。会長の方は、場合に拠ってはそこから近々の捜索差押許可状の発付、つまり家宅捜索までを視野に入れて動こうかと」

それから発言は山根に譲り、この日の動きを総括した。

「よし。次」

地取り班から奈波が立った。

この日の全体的な動きを、奈波は班別に細かく説明した。

ただし、進展があまりないことを詫びるように、声には覇気は聞こえなかった。

「もう少しだと思うんですが、依然、はっきりしません。明日こそ。以上です」

なんとも言えない重さが、会議室を巡る。

断ち切ったのは、佐々岡だった。

いいかい、と言いながら、佐々岡は右手を上げた。

「なあ。一生懸命なのはよ、有り難えこった。部長として頭が下がる。けどよ――」

穏やかに、染み透るように。

佐々岡の声は、不可思議な律動を持って会議室に響いた。

「さっき聞いたんだが、もう仮眠室で寝てる奴もいるってぇじゃねえか。だからって、焦んなとは言わねえけどよ。なあ、頑張るだけが捜査じゃねえぜ。――ときによ、ちゃんと泣き笑いしろよ。家族を思えよ。偶(たま)にゃあ家に帰って、顔見せてやったっていいんだぜ。我慢するこたぁねえや。捜査ってなあ、どうしたってマル害やマル被の、悲しみや憾(うら)みや、不幸せをこう、穿(ほじく)り返して、陽(ひ)の下に晒(さら)して、そうして幾つも積み上げてく作業だ。自分が幸せじゃねえとよ、どっかで負けちまうよ。飲み込まれちまうかもしれねえ。だから――」

捜査員は誰よりも、今に幸せでなきゃいけねえんだ。

佐々岡はそう言った。

誰も何も言わなかった。動かなかった。

「いいかい」

佐々岡の言葉に、空気が動いた。

――はいっ。

熱く揃った声は、会議室を強く響動(どよも)すようだった。

二十五

翌日、涼真は朝の会議が終わっても、動かず捜査本部にいた。

と、そう言い切ってしまえばいつもと変わらない感じだが、実は違う。

何より、どこを手伝うということもなく、手持ち無沙汰だった。

何故なら、この日はいつ動き出すことになるか、この段階ではまるでわからなかったからだ。

昨晩の佐々岡刑事部長の話にも出ていた〈もう仮眠室で寝てる奴〉、日向が、その仮眠室から朝になっても出てこなかった。

一度様子は見に行ったから、具合が悪いわけではないことは涼真にもわかっている。爆睡していた。

ただ、十数人からがそれぞれの目覚ましで起き出したにも拘らず、その音でも最後まで起きないということを、部下としては重く考えた。

疲れているのだろう、と思う。

――頑張るだけが捜査じゃねぇぜ。

佐々岡部長も、そう言っていた。

これも実は、日向に向けて言った言葉なのかもしれない。

うぇぃ、と寝癖で飛び散ったような天然パーマの頭を搔きながら日向が起き出してきたのは、もうすぐ正午になろうとする頃だった。

早い捜査員は、捜査本部内で打ち合わせをしながらもう、弁当を食べていた。

日向は苦笑いで、涼真に近づいてきた。

「へへっ。完徹して、ひと晩寝てそんでまた動くってのは効率がいいと思ったが、いや、昼まで寝るとは思わなかった。かえって効率が悪ぃか、ポンコツの所業だな」

と言われても、そうですねと言うわけには行かない。

自分がもっと動けるようになれば、確実に日向の負担が減ることは、骨身に染みてわかっていた。

「夕べ、佐々岡部長と大野一課長が揃って来ましたよ」

「うげ。――けっ。間の悪ぃときに」

「でもきっと、遠回しに労(ねぎら)ってましたよ」

「誰を」

「主任のことを」

「ふうん。ホントかよ」

まんざらでもなさそうな表情になった。

上々だ。

二人の来訪の話をした後で、今日のことを尋ねた。

「で、今日はどういう」

「ああ。さっきな、連絡が来た。それで起きたんだ。実際には、朝から何回か連絡が来てたみてぇだが」

聞けば、永代橋地域安全センターの塚田元滝野川署長から連絡があったという。

——校長の件は、今のところなかなか目ぼしい話に行き着かなくてな。その校長の任期は、五年から八年前だろ。その頃の中学校に関わる年齢っていうと、現役の親世代は、この辺は出入りが激しくて、もうとっくに引っ越してるのも多い。だいたい引っ越しの周期がそのくらいなんだ。まあ、そんなだから、広くあんなもこんなもってまとめて聞いてたら、ちょうど良さげな人が見つかったんだ。泉谷(いずみや)っていう爺(じい)さんでな。門仲、福住、深川、平野。この辺の地場の事情に詳しい、生き字引みたいな人だ。

それで、塚田とは一時半頃の約束を取り付けたという。

昼の間に連れてきておく、と塚田は確約してくれたようだ。

早速、顔を洗って最低限の支度をした日向と出掛けた。

当然、手土産として濡れ煎餅の詰め合わせは忘れない。

途中でまた、昼食は立ち食いそばになったが、このときの日向は実に健啖(けんたん)だった。

涼真と同じ、肉そばの大盛りと親子丼のセットを頼んだ。

「思えばよ、水神森で茶ぁ飲んで以来、なんも食ってねえからな」

腹を満たし、それから向かった永代橋地域安全センターでは、枯れて小さな老人が煎餅をお茶請けに、塚田の淹れたほうじ茶を飲んでいた。

「なんかよ、前にもこんな様子、見たことあるな。変わったのは、あれか。爺さんの皺の数だけじゃねえのか」

開口一番、日向は苦笑混じりにそんなことを言った。

「なあ、塚田署長。この辺りはあれだ。生き字引ってぇ爺さん婆さんで一杯だね」

「古い土地だからな。江戸っ子三代なんかざらにいる。で、そんな昔からの爺さん婆さんが、一時ブームみたいになった等価交換のマンションに入ってる。形は変わっても生まれ育った場所を動かない爺さん婆さんは、たしかに多いな。っていうか、この辺の爺さん婆さんはそんなのばっかりだ」

「ふぉっふぉっ。人の命も、等価交換だからなあ」

泉谷はほうじ茶を飲みながらそう言って笑い、むせた。

「けっ。まったく、土地も命も、高ぇんだか安いんだか」

日向は呟き、手近なパイプ椅子を引き寄せた。

涼真は塚田に手土産を渡し、自分の椅子を確保する。

で——。

それからすぐに、泉谷の話になった。

センターを三時には出て、三時半には自宅に戻らないといけないと言う。

昼寝の時間らしい。

「命に関わるからなあ」

と言って笑い掛けられれば、笑えないから話を促して始めて貰った。

途中途中で煎餅を食ったりほうじ茶を飲んだりして泉谷はむせたが、そこは想像で話を繋ぐ。

「この辺はなあ、静かなところでなあ。本来なら、そんな事件らしい事件とは無関係な土地なんだが、等価交換で、結構余所者が入ってきてなあ。それからはずいぶん、おかしくなったもんだ。死んだ俺ん家の婆さんは、マンション計画なんかに、ハンコつくんじゃなかったってよ、死ぬまで嘆いてたわ。その中の一人、田中ってのが嫌味で高慢な歯医者でなあ。余所から入ってきてすぐ、金の力か知らねえがよ、お偉いさんの推薦受けて区議会議員になってなあ。そんとき落ちたのが、死んだ俺の先輩の大月憲太郎って材木屋でよ。先輩が死んだのもな、そのショックが尾を引いたんじゃあって、俺の同級生で大月さんの秘書やってた、死んだ笠間が、死ぬ直前は病院のベッドで溜息ばっかりついてたなあ。けど、そんな外様野郎も、いい目ばっか見てられるわけもねえや。結局お天道様は見てらっしゃるんだなあ。まあ、田中も子の親でよ。男の子が二人いてよ。そこの小学校とか向こうの第一中学校で、結構長いことPTAの会長とかやってたけどなあ。どうせ都議会に出る前の人気取りだろうとか、死んだ婆さんの同級生の富貴恵ちゃんが情報通でなあ。そんなこと言ってた。あ、言い回ってたか。子供の頃からおしゃべりでなあ。――ん？　あ、田中か。そうそう。PTAの会長んときなんかぁ、学校関係者は全員よ、頭ペコペコでなあ。古くからの住人はみんな苦々しく思ってたんだが、狙い通り都議会に通っちまってな。ただ、一回だけだったけどよ。なんか、お偉いさんの献金疑惑のとばっちり喰らったってな。本人そうは言ってたみたいだが、死んだ新聞屋の爺さんが、そんななぁ嘘に決まってんぜべらぼうめって騒いでたわ」

そこまで言って、泉谷は大いにむせた。

間隙を突き、日向は塚田の脇を肘で小突いた。

「なあ。塚田署長。なんかよ、話ん中で随分と爺さん婆さんが死んでるぞ。生きてんのが誰で、死んだのが誰だか、俺にゃあもうわからねえ」

「ああ。大丈夫。それならさっきメモしといたからな。後で渡す」

「えっ。――んだよ。じゃあ、聞かなくてもいいんじゃ」

「いいから聞けよ。話の中で死んだ一人が、本人も言ってただろ。奥さんだぞ。泉谷さんも独居老人なんだ。こういう他人との触れ合いの時間を無下に潰すな」

「ちっ」

日向が舌打ちすると、むせていた泉谷の咳が止まった。

「おい、お前ら。聞いてるかい？」

　聞いてます、と塚田と日向の背筋が揃って伸びる。

「で、田中の話だけどよ。献金疑惑な。悪ぃことって言っても、それだけならまあ、有耶無耶にも出来たかもしれねえけどな。それがよ、秘書だか患者だか、ＰＴＡの役員さんだったか。――あれ？　全部だったかな。とにかく、手ぇ出して揉めて、週刊誌沙汰にもなって、結局、五年前の夏のよ。二期目の都議会はよ、通んなかった。それでもう、この辺に居づらくなったんかね。挨拶もなぁんも無しでよ、引っ越してったんだ。そう、前の年に高校に上がった、下の子の出来も悪くってさ。区外のしょうもねぇ私立高しか受かんなくてな。母親とそっちに住んでるってのもあるだろうってな。これぁ、田中と同じマンションに住んでたよ、死んだ俺の初恋の相手だった美紀子さんが、井戸端会議で言ってたことだわ。美紀子さんはよ、ポチャポチャしてよ。可愛かったんだぜぇ。ん？　ああ、とにかく、そんで田中ぁ、急に全部売っ払ってな。田中本人もそっちに引っ越しちまった。治療の途中だった連中はもうブゥブゥよ。歯抜けや歯無しが、五年前の一時はこの辺にずいぶん増えたって、死んだ花屋の寛太が言ってたなあ。あ、寛太ってなあ、小学校からの俺の子分みてえな男でね。そのくせ先に死んじまったが。この歳になると、後先はもうねえもんだよね」

「あの」

日向が口を挟んだ。

「泉谷さんは、幾つなんすか」

「九十三」

「ああ。なるほど。それじゃあ――」

仕方ねえ、と言って、日向は納得顔で頷いた。

二十六

「とにかく、田中ぁ、こっちじゃ鼻つまみ者だったがね。それがよ。死んだ新聞屋の跡取り――あれ？　そうそう。死んだなぁ新聞屋で、跡取りは生きてる生きてる。えっとな、そのピンピンしてる跡取りによ、集金のとき聞いた話じゃよ。なんか最近、田中が死んだって話がな、新聞に載ってたって聞いたんだわ。引っ越してった八王子の方で、事件かなんかでよ」

「ん？　八王子って言ったかい」

日向の目が一瞬、涼真に動いた。鈍い光があった。

「ああ。言ったなあ。八王子ってよ。なんだい？　あんたぁ、俺より耳が遠いってのかい？」

「いいや。聞こえてるよ。特にこっからぁ、よく聞こうかってもんだ」

「そうかい？　よくわからねえけど、まあいいや。とにかくよ、そんな話を塚田さんにしてたら、他にも思い出してな。塚田さんはよ、本当によく、俺の話を聞いてくれるもんでよ」

泉谷は一度、ほうじ茶を含んだ。ここはむせなかった。

「そう、田中がバタバタと引っ越していく直前の春だ。そうか。もう丸五年になるか。最近じゃあ、一番桜が綺麗な年だった。その満開の桜の頃によ、そこの中学校裏のな、仙台堀川沿いの桜に、ぶら下がっちまった男の子がいたなあ。俺はよく知らんけど、死んだうちの婆さんと、同じように死んだ婆さんの同級生の恵子ちゃんが、朝の散歩のときに見たって言ってたんだ。恵子ちゃんの旦那のなあ、随分前に死んだ一夫さんのゲートボール友達の、今となっちゃぁもう、俺と同級生だったか先輩だったかは忘れたが、ついこの間死んだ、茅野鉄二ってのが発見者だったはずだ。あんまり騒ぎになんなかったけどよ。あれぁ、ＰＴＡの会長退任前だった田中が、まだギリギリ都議会議員だったしよ。裏で手ぇ回して大事にしなかったんだろうってもっぱらのよ、死んだ連中の噂話だったなあ。――ここんとこ一杯死んだからなあ。俺も来年の桜ぁ、見れんのかなあ」

泉谷が遠い目をし、日向は腕を組んだ。

「へえ。五年前の、桜の頃ね。五年前。そんで、八王子の事件」

腕を組んだまま、日向は黙った。

その代わりではないが、涼真が身を乗り出した。

「五年前って仰いましたけど。その少年の自殺、春ってことは、寺本校長の任期中でしょうか」

東京都公立学校の教員は定期異動実施要綱に基づき、春季は三月三十一日に発表され、四月一日付で異動する。

聞いてみた。

やけに気になった。耳に残る話だった。

泉谷は一度考え、いんにゃ、と首を横に振った。

「よくわからんけど、あの年の桜ぁ、四月に入ってからの満開だった気がする」

「なるほど」

逆に納得出来る答えだった。

寺本が校長だった中学校、に絞って鑑取り班も自分たちも動いてきた。

少年の自殺が四月に入ってからの事件なら、これは次の校長の任期ということになる。寺本はそのとき、もう武蔵野市の都立西久保中学校の校長だった。

ひとつの大きな発見、ではある。

上手く一連に繋がるかどうかは、これからだが――。

そんなことを思いながら椅子に深く座ろうとすると、

「ん？」

泉谷が空の手で膝を叩いた。

「今、お前さん。寺本って言ったかい？」

「はい。寺本敬紀、明楽第一中学校長」

泉谷は大きく頷いた。

「よくは知らないが、聞いたことはある名前だなってよ。それを今な、桜と一緒に思い出した。たしかその校長、大分前に、小学校の方の副校長もやってたんじゃないかね」

ほんの一瞬、空隙が生まれた。

「えっ」

背中から頭に向け、電気のようなものが駆け上がった気がした。

天佑神助は、突然に降るものだ。

「本当ですか！」

「ああ。間違いないよ。あいつまた来た、今度は中学の校長だ、出世だって、死んだ婆さんが言ってたから。――そうそう。話してると、結構思い出すもんだ。歳だなあ。

その寺本ってのが副校長の頃、ちょうど田中が初めてPTAの会長になったんだ。けっこうPTAも古くてね、子供のことんなるとキーキーなヒステリー母ちゃんが多くて、なり手もなかなかいなかったんじゃないかね。最初の頃ぁ、田中もずいぶん参ってたんじゃないかねえ。都議会出馬のためとはいえ、区議会議員程度じゃあ押さえも利かなかったみたいでね。こんなことなら会長なんか引き受けるんじゃなかったって、そんなこと言ってたって、死んだ婆さんの娘が——あ、うちのよ、今じゃ仙台から戻っても来ねえ娘が言ってたなあ」

「へえ。泉谷さん。さすがに、いろいろ知ってるねえ」

と、涼真の脇から日向が声を掛けた。

へへっ、と泉谷は頭を掻いた。

三時になって、塚田に付き添われて泉谷は帰っていった。

——留守番、頼むな。お前らのために来て貰ったんだから。

そう言われては動くわけにも行かない。

塚田は地域安全サポーターとして、この場所に担当勤務している。真っ当な話だ。

それからは日向と二人、塚田の戻りを待って、二枚の煎餅と二杯のお茶を消費した。

日向は黙して、何も語らなかった。

涼真も涼真で、今泉谷から聞いた話を整理する時間を持ちたかった。

四時をだいぶ回ってから、塚田は帰ってきた。

「いや、連れてくるのは簡単だったが、送ってくのは大変だ。トイレから着替えから、寝る準備を全部させて」

塚田が中に入ってくると、交代するかのように日向が立った。

「お邪魔様」

塚田は、特にこの日向の行動に対して何も言わなかった。

日向の分も合わせるかのように塚田に深く頭を下げ、涼真は日向の後を追った。

日向は、永代橋を渡るようだった。

追いついて、どうしますかと聞く。

「俺か。俺ぁ、帰るわ」

日向は歩みを止めずに言った。

「主任。さっきの泉谷さんの話、どういうことですかね」

さらにその背中に問い掛けてみた。

日向の背中の向こうに、色付き始めた夕焼けが見えた。

――どうだかなあ。

返ってきた答えは、まるで朱い陽の滲みのようだった。

「副校長時代っていうのは、意外でした」

──そうだよなあ。

「けど、田中、つまり、田中哲人(てつと)、八王子、元区議って言ったら、今捜査本部が立っている案件です」

──そうだなあ。

「佐々岡刑事部長が、なかなか進展がねえって言ってた事件ですよ」

──ああ。

「それと接点があったって、これは、どう考えるべきですかね」

──そうだなあ。

「接点はつまり、共通点。大いに洗うべきでしょうね」

──ああ。そうだなあ。

日向からは、暖簾(のれん)に腕押しの答えばかりが返った。

追従(ついじゅう)に近い。

そんな答えなら、山彦(やまびこ)の方がまだましだ。

少しむかついた。

足早に回り込み、日向の前に立った。

「なんだよ」

日向が顔を向けた。

その瞳に、真っ赤な夕陽が映っていた。

「主任。俺、そこまで未熟ですか」

「ああ?」

「何を考えてるんですか。いえ、自分で考えろって言われるかも知れません。でもときに、考えてることを共有するのに、足りないですか。〈相棒〉にはなれないですか?」

瞳の夕陽が涼真を見詰め、やがて瞼の内側に落ちた。

「ちっ。そう真っ直ぐ言われちゃあ、返す言葉はねえな」

日向はおもむろにスマホを取り出し、なにがしかの操作をした。

すぐに、涼真のスマホが振動した。

涼真の携帯が振動した。

「お前は明日、そこに行け」

日向からのメールには、一枚の写真が貼付されていた。

薬局が処方箋に従って発行した、〈薬剤情報提供書〉の画像だった。提供書には、患者が受け取る薬の名称、写真、効能の他に、患者の氏名及び処方医療機関とその担当医などが記載されている。

それにしても、データではなく画像だった。屋外で撮ったもののようだ。陽の影が感じられた。

「これは――」

「お馴染みだろ。任せるかどうかは悩みどころだったが、さっきの呟呵で吹っ切れた。その大学病院に行け。行って、個人情報だか何だか知らないが、聞き出してこい。教えてもらえませんでしたなんて、通り一遍の答えは要らない。なんとしても聞き出してこい。――すべてはな、それからで、そこからで、それだけだ」

日向は以降、駅に着くまで何も言わなかった。

着いても後ろも見ず、

「じゃあな」

別れ際に言った言葉はそれだけだ。

涼真は悶々としつつ湾岸署に戻り、捜査会議の場になった。

悶々としたまま、会議の間も考え続けた。

会議室に、

「明日、新柴又中学校の井桁PTA会長と都教組の倉持が出頭に応じました。それに、副校長も来ることになってます。なので、今日のところはそれぞれに一班ずつ、二十四時間態勢で張り付けてあります。明日です」

霧島の声が響いて聞こえた。

――特捜係。

やがて、椎名に自分の名前を呼ばれたような気がした。

慌てて立った。

怪訝な顔の椎名と目があった。

「特捜係。何かないか」

「――ありません」

それだけを言って、席に着いた。

今日の泉谷の話を聞いて、日向には何か考えるところがあるようだ。

ただ、今のところ何かを考え倦ねているようでもある。

その思考を追い越すか、せめて追い付くまで。

涼真は自身の判断で、語る言葉はないと決めた。

二十七

翌日の水曜日、四月六日は前夜遅くから雨模様になり、早朝から生憎の雨となった。

爛漫たる春とはいえ、雨が降るとまだまだ底冷えがするように寒かった。そんな一日だった。

この日、涼真は朝の捜査会議を自主的にパスした。

その朝の会議では、ちょうど雨の降り出しと同じような時間に、赤井たち湾岸署鑑識班と合流したSSBCの機動分析係から、おそらく最終的なマル害の、事件当夜の当日の足取りが確定出来たという連絡があったようだ。

受けたのは交代で二十四時間態勢を敷いていた防犯カメラ班で、その一班が詳細を会議で報告したという。

江東区平野の、二丁目の交差点にある大手コンビニの防犯カメラに、区道を清澄通り方面に歩くマル害の姿があったらしい。

それが事件当夜の、午後十一時十七分のことだったと、会議が終わった後で涼真は聞いた。

連絡をくれたのは、湾岸署の元上司であり相棒でもあった、地取り班の村瀬だった。

村瀬にはメールでこの朝の不在を告げ、捜査会議上で何か進展があったら教えてくれるよう頼んでおいたのだ。

こういうとき、村瀬は頼むに足る、心強い〈仲間〉だった。

この日、地取り班はその一番突端の部分、平野二丁目交差点から清澄通りに掛けて、集中的な聞き込みを行うという方針が椎名係長から示された。

――今日は事情聴取もあって、鑑取り班も地取り班もこれから大忙しだ。まだ俺の勝手な手触り肌触りの域を出ないが、勝手なことを言わせてもらうなら、事件の大枠はそろそろ見えてくるかもしれない。月形、そっちが何を探しているのかは知らないが、お前も乗り遅れないことだ。

「了解です。有り難うございます」

礼を言って、涼真は通話を終えた。

捜査本部に集う者たちの不断の努力によって、少しずつだが着実に捜査は進展しているようだった。

今朝の捜査会議に出席していたらきっと、うねるような、それでいて熱い、一同の揚々とした意気を全身に感じられたのかもしれない。

折々の進展で感じるそんな一瞬の高揚感、または一体感が、なんといっても地道な作業に明け暮れる捜査陣には醍醐味だ。捜査を諦めないエネルギーと言い換えてもいい。

その場に居合わせられなかったことを、

(残念なことをした)

と正直、涼真も思わないではない。

ただ——。

乗り遅れるわけではない。

涼真は涼真で、特捜係としてしなければならないことをしているのだ。

この日は日向の命に従い、雨の降り出した中を千葉に向かっていた。

目的は、千葉大の医学部附属病院だ。

偶然にも、日向に見せられた薬剤情報提供書に書かれていた処方医療機関は、涼真の母校である大学の附属病院だった。

永代橋の上で日向が涼真に向け、お馴染みだろ、と言ったのはそういうことが関係している。

けれど、お馴染みと言っても涼真は法政経学部だ。学部が違えば〈生態〉は変わり、特に医学部はキャンパスの場所も変わり、別の大学にも等しい。

本来なら企業情報や扱いが難しい個人情報の取得には、相手先に捜査関係事項照会書を送付し、回答を請う。そうすれば、正々堂々とした回答がくる。

運用としては当然一番正しいのだが、この正規の手順にも、現実的には問題がないではなかった。

照会書が飽くまでお願い書である以上、相手方が回答を拒むことも出来るというのが一点。

そして、正式な窓口への送付から直接の情報に行き着くまで、それなりに時間が掛かるというロスが一点。

この二点は、昨日から今日、今日から明日へと捜査を繋いでゆく現場の捜査員には、常に大きな障壁になりかねなかった。

それで、前夜のうちから涼真は、同じ学部でも大学院に進学した同級生、トライアスロンサークルの理系学部OBから現役から、出来れば医学部まで手当たり次第に〈コネ〉を探した。何も見つからなければ、それこそ、目的の医局に直接出向いて、正面突破するしかないとも考えていた。

ただ、この正面突破もあながち、玉砕覚悟というわけではない。

直(じか)に担当医師に面会さえ出来れば、情に訴えることも、無駄を説くことも、〈脅し〉を掛けることも、それこそ方法は幾通りも存在した。

今回のような病院の医師の場合は、特に時間的な無駄を説くことが有効だったか。

——最終的には、捜索差押えの令状による強制執行も有り得ます。何度もお伺いするなりして、相応にお手間を取らせるのは、こちらとしても心苦しい限りですが。

そんな辺りが常套句(じょうとうく)だろう。

そもそも、カルテに記載があることの内容照会は、個人情報の漏洩(ろうえい)というには薄い。置いてあったカルテは、その空間に居合わせた全員に閲覧可能なのだ。

夕べの早いうちに、幸いなことに涼真は大学時代の担当教授から辿(たど)り着いた。

教授自身が、目的の肝胆膵(すい)外科に通う患者らしかった。

――僕の同期が科長でね。月形君、今日はもう遅い。明日の朝に、話だけは通しておくよ。大丈夫。話は通す。大丈夫。私からならね。それに、君はラッキーだよ。月水金は外来診療日だ。明日は、たいがいのドクターに会えるはずだ。

言ってもらえた言葉に、涼真は素直に頭を下げたものだ。

いずれにせよ、翌朝の会議をパスして、涼真は千葉大学に向かった。

捜査会議の終了を待ってからでは、在院中に医師に直接の面会が叶(かな)うかどうかが怪しかった。

たとえカルテに記載の内容でも、情報の提供を軽んじるつもりはない。

礼を尽くすのは民間に協力を仰ぐ際の、大前提だと日向はよく言っていた。

ＪＲ千葉駅から大学病院行きのバスに乗り、到着したのは診療時間前の八時三十分だった。

医局の看護師に名前だけ告げると、たしかに話は通っているようだった。ただし、予約があって、担当医師はもうこの日の診療に入っていた。

午前の診療後に、という伝言に対し、名刺を看護師に渡し、電話をくれるように頼んで医局を離れた。

医者の午前はやはり、純然たる午前ではなかった。スマホに連絡があったのは一時過ぎだった。

四時間半余りを待って、教えてもらった話は五分にも満たなかった。

しかし——。

それはそれで、必要十分な内容だった。

病院のエントランスに出てきた涼真は、沈鬱な表情を隠せなかった。

病院の医師に聞いたことと、これまでの捜査で見聞きしたことが、まるで今、涼真に降りしきる雨のようだった。

バス停に立ち、日向に電話を掛けた。出なかった。

メールを起動し、直前に仕入れた情報を簡単に書き込んだ。

長文にはならなかった。簡単に書こうと長く書こうと、伝えるべき内容はさほど変わらないように思われた。

すぐに来たバスに乗り込んだ。

駅についても、日向からの連絡はまだなかった。

(主任)

雨に思いを投げ上げた。

降る雨粒は冷たく感じなかった。

日向は勝手に一人でどこかへ行った。

勝手をするなら、自分も勝手をする。

この日は病院だけで、命じられたことだけで、終わらせることは出来なかった。

JRで新橋に出てゆりかもめに乗り、〈待機寮〉に戻った。ピラルクのレインスーツを着込み、ロードバイクにまたがる。降りしきる雨を切る。

辺りは雨雲のせいで、まだ午後三時を回ったばかりにも拘らず暗かった。

涼真が向かったのは実枝のいる、大井ふ頭地域安全センターだった。

「実枝さん」

レインスーツから滴る雨粒もそのままに、涼真は明かりのついた安全センターに飛び込んだ。

「なんだ。日向の息子。どうした」

実枝はいた。

「教えて欲しいことがあって来ました」

「ほう。それはいいが。――この雨の中、よく俺が今日出ていると知ってたな」

「えっ」

無我夢中でペダルを回したが、そう言えば今日が実枝の出勤日かどうかは知らなかった。

居てくれたのはただの幸運だ。

迂闊（うかつ）だったと、少しばかり冷静になる。

自分の周囲に、水溜まりが出来ていた。

慌ててレインスーツを上下ともに脱ぐ。

実枝はその一連を、黙って見るだけでいてくれた。

熱い緑茶を貰って飲んだ。

落ち着いた。

それから切り出した。

「教えてください」

「答えられることとならな。——何をだ」

「勝又元四課長のことです」

「勝又四課長？」

実枝は眉を顰めた。

「勝又元、組対第四課長か」

「はい。といって、人となりは要りません。職歴や論功行賞のことも要りません。〈四課〉を継ぐ課長が切れないわけはない。愚劣なわけもない。そんなことはわかってます。だから実際、多くは要りません」

「なら、なんだ」

「勝又さんと日向主任、いえ、父のこと。その関係」

実枝は一瞬、詰まった。

詰まった後、唸りを絞ったような声で言った。

「俺は、話さない。話すことではない」

「実枝さん。これは、私情ではありません。ましてや矮小な好奇心でもありません。俺の、警察に対する忠義、刑事であること、捜査に向かうことへの信義です」

涼真は真っ直ぐに実枝を見た。

実枝も鷹のような目を向けてくる。

先に逸らすわけにはいかなかった。負けるわけにはいかない。

「今動いていることに、繋がるかどうかはわかりません。けれど主任は、大いに気にしていました」

すべてはな、それからで、そこからで、それだけだ。

日向はそう言った。

「俺は、正しく刑事でありたい。あろうと思ってます。ここから先に進むには、いえ、日向英生の相棒でいるためには、知る必要があるんです」

ひと言ひと言で、心を尽くす、義を説く。

わからない人ではないはずだ。

「九州。これは、今に限らず、ときおり出てくるワードです。今回も、九州以来だと勝又元四課長に言われて、主任は慌てていました。——九州で、何があったんですか」

大いに間があった。

間があって間があって、実枝は、長く長い溜息をついた。

「そうか」

実枝が開く瞬間だった。

「九州に行っていたということは知っているのか。——まあ、隠したところで、四六時中一緒にいる相棒でなおかつ息子では、隠し通せるものでもないだろうが」

やおら、実枝は背後の電気ポットに向かった。

緑茶の匂いが、淡く立った。

二十八

実枝は緑茶を淹れ、涼真の前に置いた。

「さて、どこをどう、掻い摘んで話したものかな」

自分の分は両手に包み、実枝は自分のキャスター椅子に座った。

アスファルトを打つ雨の音だけが、しばし高かった。

涼真は待った。急かすことはしなかった。

それが、請う者の礼儀だろう。

「あいつはな、潜ったんだ」

落ちる雨の雫のように、実枝は低い声を発した。

「潜った？」

「そうだ。――モグラ。言葉くらいは知っているだろう」

頷いた。

九州という単語の他に、気になっていたワードの一つだ。直近では、浜園橋地域安全センターの北村も口にしていた。

そのときも、自分では上手く隠したつもりだろうが、日向は慌てて話をはぐらかした。涼真にはわかった。

モグラは、ひと言で言っていいなら、潜入捜査官ということになるだろう。

警察官が正体を隠し、ときに警察官の身分からさえ離れ、捜査対象の、主に団体に潜り込む。そんな危険極まりない作業に就く者達の、コードネームのようなものだ。

右翼・左翼などの政治結社が主な対象で、公安部の活動が頻繁だったときの資料は涼真も見たことはあった。

「けれど、本当にそんな資料でだけです。それが刑事部でもって、――驚きです」

「それはそうだろう。今のお前が、秘すべき警視庁の現実をそこまで知るわけはない。噂の類は別にして、モグラの真実を知るのは、それを運用する者、運用する者を近くに知るごく一部の者、それくらいだろう。少なくとも警部以上、普通に考えれば署長クラス以上だ」

「現在も、同じようなことは行われているんでしょうか」

「今もかどうかは俺も知らない。定年してるしな。日向の件にしたところで二十年、いやそれ以上前の話だ」

「二十年以上、ですか」

それくらいなら、恐らく父母が離婚した頃の話だ。単純に、離婚そのものも潜入捜査に就くための準備だったのかもしれないと、今なら腑にも落ちる。

今や自分も子供ではなく、その組織の中に生きる一人だった。

さて、と言って実枝は手の中の緑茶を飲んだ。

「九州のことと言ってもな。俺もな、あいつの全部を知っているわけではない。俺の知っていることは限られる。指揮系統すら一つなのか、複数あるのか。――お前は、他の地域安全センターにも、日向と一緒に数多く顔を出してるんだろ?」

「はい」

涼真は頷いた。

「そのどこに聞いても、おそらくすべてを知る者はいないはずだ。指示のすべてを把握する、あるいは理解するのは、すべてを知るのは本人だけだろう。――九州に潜ってあいつは、命懸けの仕事をした。いや、命を汚す仕事をした。俺達はその、あいつの血みどろに助けられた」

「血みどろ、ですか」

「そうだ。少なくとも、俺は日向がいなかったら、四谷の副署長には昇進出来なかったかもしれない。あいつの功績だと俺は今でも思っている。だが、あいつに言わせれば、それはきっと、あいつ自身が背負うべきものの一つなのだ。潜入捜査とは、〈幸福の王子〉のようなものかもしれない。功罪の功をこちらに渡し、代わりに一切の罪を負う。自らが痛みを引き受ける。――送り出す方は簡単だが、モグラになった者の人生は壮絶だ。だから俺は、その一つ一つ、あいつが背負うと決めた一つ一つをひけらかすことはしない。それを口にすることはあいつの覚悟、いや、尊厳を軽く見ることだ。だから俺も、それには口をつぐむ。絶対に話さない。それこそ、墓場まで持っていくって奴だ」

実枝は湯飲みを傾けた。

冷めるぞと言われた。

手付かずの湯飲みに改めて気づいた。

取り上げて飲んだ。

限りなく常温に近かった。

「知りたいのは、そんなモグラと勝又さんのことだったな」

実枝は一度席を立ち、もう一杯、熱い茶を用意してくれた。

すぐに口をつけた。熱さが沁みた。

思うより身体は、外気で冷えていたようだった。

「勝又さんは、昔、そうだな。ちょうど十年前だったか。福岡に視察に入ったことがある。そのとき、警視庁から組対の、しかも四課長が九州に入るって情報が流れたらしい。勝又四課長はただの視察だったようだが、向こうの連中はそうは取らなかったとか。いや、取らなかった連中もいたということだが。それでヒットマンも出たらしい。そんな勝又さんを、何事もなく無事、東京に送り返したのがモグラの日向だったと、そんな話を聞いたことがある」

「聞いたって、実枝さんはそんな話をどこから」

「警察庁の役人だ。少なくとも、モグラを差配する一系統というべきか。そんなのが当時は、警察庁にいてな」

「でも、うちの主任はじゃあ、職務を全うしたんですね」

そうだな、と実枝は言いつつ湯飲みに顔を伏せた。

何かを考えているようでもあり、歪んだ表情を見せないためでもあるような。

「常に、あいつの職務は苦いのだ」

実枝は、湯飲みに語るように言った。

「職務を全うするために、危ない橋を渡るのが実際、あいつの職務なのだろうと思う。ヤクザと警察にはな、架け橋はないのだ。モグラの住む場所は、両者の間に横たわる深い溝の底なんだ。あいつの職務に、四方丸く収まることは有り得ない。誰かが笑えば誰かが泣き、誰かが利を得れば誰かが必ず損を被り、そして誰かが命拾いをすれば――。モグラが活動する場所は、そういうところなのだ」

言い終えて緑茶を干し、そのまま流し場に向かった。

「ここまでだ」

実枝の言葉とともに、勢いよく蛇口から出る水音がした。

涼真も、淹れてもらった茶を飲み干した。

温まった感じがした。

「ご馳走様でした」

実枝の背中に礼を言い、涼真はロードバイクにまたがった。

雨が少し弱まり、雲の向こうに陽の影が見えるようだった。

（考えろ、考えろ）

ペダルを回し、思考を巡らす。

風雨を切り、脳を刺激する。

待機寮への到着は、夕方五時半を回った頃になった。

自室にレインスーツを干し、汗冷え予防に軽くシャワーを浴び、それから〈職場〉に向かった。

捜査本部に戻ると、果たして、会議室全体に熱気が渦巻くような感じだった。

その渦の端の澱みに、日向が一人で座っていた。やけに場違いな感じだ。

地取り班の上川らが戻っていた。鑑取り班は柏田らがいて、他にも何班かがいたが、地取り班は見渡す限り粕谷と上川の班だけがいた。

涼真は日向ではなく、まず湾岸署の上川係長に近寄った。

今までなかったことだが、逆に日向の方が近寄り難かった。

実枝に潜入捜査のことを聞いたからではない。腕を組んで微動だにしない日向は、おそらく誰の目にも、一切の交わりを拒絶するように見えたことだろう。

「係長。なんか、活気がありますね。何か進展がありましたか？」

「おう。月形。ちょうどよかった」

どうやら、ＰＴＡ会長らの取り調べが終わったようだ。その結果を以て、今夜の捜査会議が早くなると言う。

特捜係は日向が戻っていたから別として、その他の各班には出来るだけ戻るようにという一斉連絡を一時間前には入れたらしい。

「へえ。で、取り調べはどんな感触だったんでしょう。係長は知ってますか」

「それがな」

詳しく聞こうとすると、会議室の入り口の方が騒がしくなった。

「ああ。見ろ。管理官たちも待ち切れないんだろうな。もう入ってきた」

上川の言葉通り、中村管理官と椎名係長が入ってきてひな壇に向かう。

それに合わせるように、居並ぶ捜査員たちもそれぞれの席に着いた。

見れば、地取り班は半分以上が戻っていなかった。

椎名係長の指示による、平野二丁目交差点から清澄通りへの集中的な聞き込みは、終わることなく今も続いているようだ。

そんな関係で、全体には席の埋まり具合は半分程度だったが、満ちる気力は人数に左右されないものか。

音のない〈ざわつき〉が、会議室を静かに支配した。

中村たちがひな壇に腰を落ち着ける頃、少し遅れて霧島たち鑑取り班の二班が続けて入ってきた。

霧島は口を真一文字に引き結び、揺らぐことなく真っ直ぐ前を見詰めていた。

涼真も、移動していつもの席に座った。

日向は瞑目していたが、構うことなく顔を寄せた。

「俺からのメール、見ましたか」

「──ああ」

なるほど。やはり寝ているわけではないようだった。それならそれで、なおのこと構わない。

「それにしてもあんな薬剤情報提供書、どこで手に入れたんですか」

「──釣りのとき。バッグの中に薬と一緒の袋にな。入ってた。それで気になった」

「気になったって。知ってる薬だったんですか？」

「知らねえ。──だが、聞いたことがあった」

「聞いたって」

「なんだ。馬ぁ鹿。お前ぇは知らねえのか。いや、覚えてねえのか」

言われても心当たりは皆無だった。

「すいません。わかりません」

「書かれてた中の一種類な。千葉の爺さんが飲んでた」

日向は目を閉じたまま、淡々と短く答えた。

心ここに有らず。

そんな感じだった。

ただ、涼真にはそんな短い会話でも理解出来た。

上司と部下の部分ではなく、父と子の関わりで意思の疎通が出来たことがなにやら不思議だった。

――千葉の爺さんが飲んでた。

それだけでわかった、腑に落ちた。

千葉の爺さんは涼真の祖父、明子の父のことだ。至って頑健な質であり、病や医薬とは縁遠い祖父だった。

それで発見が遅れたということもあるが、祖父が飲んでいた処方薬と言えば、後にも先にも、ステージ2の癌が発見されて以降になる。

涼真は同居の孫ながら、祖父の処方薬までは覚えていなかった。

日向は、遠く九州の地にあって義理の息子の関係ながら、祖父の薬まで知っていた。

そのことに、素直に頭が下がった。素直に嬉しかった。何故か誇らしくもあった。

「そうですか」

それだけ言って、顔を正面に向けた。

ひな壇では管理官の挨拶もそこそこに、椎名が立って会議が始まろうとしていた。

「先程、鑑取り班が上げてきたマル被の取り調べが終わった。その内容を共通認識とするため、時間を早めて捜査会議を始めるが、地取り班の大半は、今も懸命に現地での捜査を展開している。こちらも応援の意味で、今会議の内容を吟味しつつ、場合に拠っては人員を再編する。また、今夜、湾岸署杉谷署長の方から報道各社に向けた公式発表を行う。これは、捜査が新たな段階に入ったことを示すものであると共に、報道の仕方について、今後において協力を促すためのものでもある。俺からは以上だ。

――では、鑑取り班」

「はい」

霧島が勢いよく立った。

「詳細は今夜中に報告書の形にまとめますが、まずは取り急ぎ、捜査に関係する重要な部分のみを掻い摘んで説明します。わかりづらい部分があるかもしれませんが、それは私の能力の限界ということでご容赦ください。始めます」

歯切れよく、気勢が立って――。

威風堂々。

涼真には、そんな言葉が連想された。

さすがに霧島は、捜一を担う次代のエースの貫禄(かんろく)だった。

二十九

霧島の説明に拠れば、それぞれ個別に行った事情聴取は、三人が三様の話を展開したという。突き合わせれば、寺本とそれぞれの関係は、呆れるほどに矛盾だらけだったようだ。

鎌を掛ければ誰もが、他の全員を貶めようとするかのように話したらしい。

〈他の人は知りませんが、私だけは悪くないんです〉

そんな塗り固めたような弁解の隙間に、嘘は明らかな矛盾として亀裂を生じ、真っ黒な血を流す。

鑑取り班は満を持して、そこに薬を塗り込む。

痩せるクスリ。

このキーワードは、本物の処方薬以上に効いたようだ。

副校長と組合の倉持は言葉に窮し、諦めは早かった。すぐに口を割った。

二人とも、前日までに参考人の事情聴取、あるいは〈麻薬及び向精神薬取締法〉通称麻薬取締法については調べてきたらしい。

持っていない、会合の席で騙されて寺本に出されたお茶を飲んだだけ、云々。

麻薬は、好むと好まざるとに拠らず、体内に取り込んだ瞬間、一瞬で脳が作り変えられると言われる。

興味が勝って逆らえなかった、使用の事実を警察に言うぞと脅されて、云々。

今は使っていない、いや、寺本に使われただけ、等々。

「その他、二人とも応諾したので、科捜研で調べるための尿は採取しました」

その後は、言葉としては強めに言って釈放したようだ。

両者とも現行犯ではなく、尿から薬物反応が出なければ、おそらく罪に問うことは出来ないだろう。

ただし、PTA会長の井桁だけは、同じ流れでは終わらなかったという。

真っ青な顔をして、最初は弁護士を呼べの一点張りだったようだ。

だが、他の二人の供述内容をそれとなく教え、初犯、少量所持、故意無しなら、協力態度などによっては不起訴処分もあると丁寧に諭せば、ポツリポツリとだが、ようやく供述を始めたらしい。

——綺麗に痩せたいと思いませんか。

最初は寺本の、やけに下手に出た提案から始まったらしい。

——へえ。本当に？　出来るもんならやってみなさいよ。

井桁は適当に、そんな言葉であしらったようだ。

それが、

――じゃあ、お茶会を開きましょう。

ただの与太話かと思いきや、本当に寺本は請け合い、後日、井桁は校長室に誘われたという。

「その後の供述は、PTAの井桁会長と副校長らとはほぼ同じでした。お茶会の最中はやけに気分がよく、その夜は高揚感の反動か、疲れが出て何も食べなくてもよく眠れたと、そう証言しています」

それから何日か経ったある日、寺本は井桁を校長室に呼び、井桁のバッグに、これ見よがしに袋に入った白い粉をひけらかしてから落としたという。

寺本はそれを、モリーという名で呼んでいたらしい。

「モリーって、MDMA」

涼真は思わずつぶやいた。

モリーとは、純度の高い初期のMDMAのことを指し、井桁の供述通り、たしかに粉末状で売られたはずだった。

現在ではカラフルな錠剤型が主流で一錠約四千円前後が相場だが、現行型の純度は低い。成分の七十パーセント以上が混ざり物の紛い物がよく出回っているという。

「本人の証言をそのまま読み上げます」

霧島はメモ用紙を広げた。

「貴重な物なんですけど、井桁会長は特別だから。このモリー、差し上げましょう。貴重ですよ。ほんのひと摘み。少しずつ使えば、悪習になることもなく、綺麗に痩せますよ。その代わり——」

PTAを、大人しくさせてください。

そんな条件を、寺本は井桁に突き付けたようだ。

「あなたに対して従順なPTAに。つまり、私の意志の通る保護者会に。私はね、これまでもそうやって、私の思う教育を推し進めてきたんです、と——」

霧島はメモ用紙から顔を上げた。

「そんな言葉も聞いたと、井桁は証言しました。今後は、弁護士の到着を待って自宅に向かい、所持している分を提出させ、科捜研の成分分析の結果を待って、逮捕状請求の運びとなります」

以上です、と言って霧島は座った。

会する一堂に、熱を伴ったざわつきが生まれた。

静めるように手を上げたのは、中村管理官だった。

「ま、変な話だが、明日の入学式はこれで出ようと思えば出られるってわけだ。主催者側の大半が同類なんだからな」

軽口のようなものだったが、管理官が口を開けば会議室が静まる。

効果は絶大だった。

管理官が顔を動かし、すぐに椎名係長が頷いた。

阿吽の呼吸、というやつだ。

「霧島、ご苦労だった。だが、本番はここからだ」

椎名は声を、遠くに投げ上げるように張った。

「クスリが出てきた以上、いずれ組対にも声を掛けた捜査にならざるを得ないだろう。だが、これはまず、殺人事件の捜査である。捜一、いや、捜査本部の面子に賭けて、この一両日に全精力を傾ける。いいな」

——はい。

良い声だった。

良い声の揃い方だ。

「今から行動班を再編する。そのまま、明日の朝には東雲有明中学校から遡って、寺本が校長を務めていた中学校の、同様の副校長、PTA会長、組合の役員連中などに、一気に事情聴取を仕掛ける。そのために、これは管理官とも話し合った結果だが、再度、湾岸署の応援を受け、交通課と地域課から人員をショートスパンで借り受けることにした。その人員を含んでの再編だ。霧島と上川と山根はこっちにこい」

呼ばれた三人が立ち上がった。

「決定まで、会議は暫時の休憩とする。十五分だ」

椎名の宣言で、会議室の空気がやや弛緩する。何人かがトイレか喫煙にでも行こうとするものか、会議室の外に向かった。

そのときだった。

「か、管理官」

防犯カメラ班の、インカムを付けた鑑識課員が声を上げた。

「目撃者が出ました」

緩んだ空気が瞬時に緊張を取り戻し、会議室の外に出ようとしていた者たちもその場で動きを止めた。

「おい。まだ通話中か」

椎名の声が矢となって鑑識課員に飛ぶ。

「は、はい」

「スピーカーに繋げ」

「はいっ。繋ぎます」

次の瞬間、

──地取り班の奈波です。聞こえますか。

会議室に奈波巡査部長の声が響いた。

「ああ。聞こえてるぞ」

椎名が初めて、デスクの上のマイクを使った。

――あっ。出ました。集中的な聞き込みの成果ですっ。

スピーカーは、奈波の興奮をリアルに伝えた。

平野二丁目交差点から清澄通りに向かって捜査を続け、ようやく初めての目撃者を発見したという。

平野の交差点を左折すると、すぐに仙台堀川に木更木橋が架かり、その北詰めの平野二丁目側に、古くからの印刷工場があった。二十四時間体制の印刷工場だ。

目撃者というのはそこに勤務する、大沢という三十代の工員だった。

事件当夜、夜勤で印刷機を動かしていた大沢は休憩時間に、煙草を吸おうと外に出たらしい。

この印刷工場は裏手の一番遠い角が木更木橋の北詰めに面しており、そこにしかスモーキングエリアは設けられていないということだった。

そのとき大沢は、区道を挟んだ北詰めの向こう側から、仙台堀川の北側遊歩道に降りて行こうとする二人組を見掛けたという。

薄暗く、先行の一人はうっすらとしかわからなかったらしいが、後に続く一人の服装が、まさしくマル害の当夜の着衣と同じであったようだ。

「その堀川沿いの北側遊歩道は、深夜は暗く、現在護岸耐震工事中ということもあり、誰も通らないそうです。そして、これが最も大事なところですが、この遊歩道は清澄通りに架かる海辺橋まで一本道で、そのうちのおよそ三分の一が、区立中学校の裏手のフェンスになっています。この中学校がマル害の遡ること三校前の――」

明楽第一中学校です、と奈波は言った。

おお、と誰かが感嘆を漏らした。会議室中に抑え切れない高揚感が漂った。

ただし、近視眼的になると、大局を見誤る恐れもある。

「努力の賜物(たまもの)だ。地取り班、よくやった。だが、浮かれてはいけない。浮かれてはいられない」

さすがに中村管理官も、全体に釘を刺すように、マイクを使ってそう言った。

椎名係長が頷いた。

「再編の前でちょうどよかった。どこまでも人ばかり増やせばいいというものではない。気を引き締めて、最善最適最良を目指す。ああ。奈波」

椎名がスピーカーの向こうに声を掛けた。

「聞こえていたな」

――はい。

「そこなら深川署か。近くの交番から地域係を出させる。規制線が形成出来たら、いったん全員引き上げて来い。お前らの休憩も含め、再編だ」

——了解しました。

スピーカーが静かになった。

椎名係長がふたたび、一時解散を宣言しようとした。

すると、

「ああ。解散の前に」

中村管理官が手を上げ、身体を傾けつつ視線を中央通路から後ろに投げた。

「特捜係は、どうする。こっちの作業を手伝うか」

呼び掛けに合わせるように、日向が目を開けた。

「了解です。月形を出します」

答えに迷いは一切、感じられなかった。

「主任自身はどうする」

「考えてることがあるんで」

「そうか。わかった」

中村はそれ以上、問い詰めることはなかった。

あっさりしたものだ。

これも信頼というものの、一つの形だろうか。

椎名に顔を向け、中村は先を促した。

「では、一時解散。ああ、ただし、十五分じゃない。一時間、いや、一時間半。で、さっきも言ったように霧島と上川と山根はこっちにこい。それで再編のみ完成させ、一時間半後に通達する。それで今日は終了だ。集中と弛緩。明日に備える。以上だ」

真っ先に動き出したのは、日向だった。

そのまま立ち上がり、出て行こうとする。

涼真はそんな日向をゆっくりと追った。

すぐには追いつこうとはしない。マスコミの耳目はどこにでもある。捜査関係者の中にも、そんな連中と蜜月にある者は必ずいる。

これはいい悪いではない。必要なバーターだと、涼真も承知していた。

「主任」

エントランスの外に出て、周囲に誰もいないのを確認して追いつく。

立ち止まった日向は、面倒臭そうに振り返った。

雰囲気で分かる。

半端な聞き方をしたら、そのまま日向はのらりくらりと逃げ水になる。あるいは蜃気楼か。

実体をつかんでおくには、切り込むしかない。

「主任。いいんですか。このままで」

「ああ？」

「捜査を進めていいんですか。見えているものがあると思いますが」

「見えてるってお前ぇ。馬ぁ鹿。そういうこたぁ、軽々しく口にするんじゃねぇや」

「なら、この瞬間を最後に、もう口にしません。でも、一つ聞いておきます」

「なんだ」

「私情、じゃないですよね」

日向は涼真を見た。強い目だった。

「そうか。お前、わかっているのか」

「なんとなくは。だからこそ、みんなの懸命な努力が気になります。――このまま進めて、いいんでしょうか」

日向は、すぐには答えなかった。

西の端に、沈む淡い月影があった。

「いいんじゃねえのか」

日向は静かに、玲月（れいげつ）に囁（ささや）くようにそう言った。

「地取りは地取りで、証拠固めは必要だ。必要な捜査だろうし。鑑取りの方は鑑取りの方で、恐らくそれなりの捜査になるだろう。組対も交えてな。もっとも、それが逮捕者を出すまで行くかはわからねえが。誰の動きも、無駄にはならねえよ」

なるほど、考えてはいるようだ。

それなら涼真に、部下に、父へ、上司へ、言う言葉はない。

「そうですか」

涼真も夜空を見上げた。

西の端にぶら下がるような月は、もう三日月は過ぎたのだろうか。

「それで、明日は主任は、一人でどこへ」

涼真は月に問うた。

「何も言うな。触るな。この件は明日一日、俺にくれ」

合わせるように、日向も月に答えた。

「いえ。聞きます。どこへ」

「聞くなと言った」

「相棒です。聞きます」

溜息が一度、聞こえた。

「もう一度、永代橋へ行く。その後、一番行きたくねえところにな」

「一番？　どこです」

「お前の知らなくていいとこだ」

「主任。通りませんよ」

「けっ。まったく、口五月蠅(くちうるせ)え古女房かよ。――疚(やま)しいとこじゃねえよ。――いや、一番疚しいところかもな」

内閣官房、と日向は言った。

「そうすると、どうなるんです」

「多分、この事件のど真ん中が終わる」

「そうですか」

一度も顔を見なかった。

月を媒介にすると、なにやら互いの受け答えがスムーズだ。

少し笑えた。

月の光が、柔らかだった。

三十

翌日は朝から快晴で、少しだけ風の強い一日だった。

多くの公立小学校では、入学式を迎える日のようだ。

初めて背負うランドセルの重さに強い風は難儀だろうが、桜吹雪の中の通学路はまた、思い出として一興だったろう。

(小学校か。おれは、婆ちゃんと一緒だったな)

待機寮を出た涼真は、抜けるような青空にそんなことを思った。

小学校の入学式は千葉で、祖父母と一緒に出席した。桜の下で、そんな写真が残っていた。

母・明子はこのとき、警察庁関東管区警察局勤務で、さいたま市の官舎住まいだった。

父との写真は最初からないが、母との写真も幼稚園の卒園式以来、絶えていた。

それが今、三人揃って同じ警視庁、しかも同じ本部庁舎に勤務するとは、考えるだに不思議な縁だ。

いずれ並んで正面玄関前の大欅の下で、写真を撮る日もあるだろうか。

そんなことを漠然と思いながら、湾岸署のエントランスに向かった。

マスコミ各社の人数は、四月に入ってからの中では一番多かった。やはり昨夜の進展及び杉谷湾岸署長の公式発表が大きいのだろう。

と同時に、人数は多いが割と静かなのは、その公式発表があったからこそ、報道協定とまではいかないが、全体に礼儀正しいのかもしれない。

一階で警務課と交通課の面々に挨拶して三階に上がる。

捜査本部には朝から、昨日の興奮を引き摺るような熱気が渦巻いていた。

会議を待つ捜査員たちの目の色がやはり、涼真が見てもこの朝は違った。

これから始まる会議は、これまでの会議室における会議らしい会議とは違う。茫漠と答えを探し求めて彷徨うのではなく、答えに至る数式を解く作業に等しいと言えるかもしれない。

そうなれば、会議の有り様もそれまでとは大きく変わる。どの担当にも明確な目的があり、そこに向かう意識が芽生えてもいただろう。

始まった捜査会議はやはり、すでに思考を持ち寄って鳩首するものでなく、各班の手順や工程を確認するものになっていた。

鑑取り班ではどの班がどの中学校、あるいはどのPTA会長宅を訪問するか。その順番とタイミング、さらには質問項目。

地取り班では引き続きの目撃者探しと同時に、新たに鑑識を中心とした、規制線内を芯に広く犯罪の有無、その探索と証拠集め。

「いいか。油断するな。まだ五合目だと思え。緩むな。心して掛かれっ」

――はいっ。

椎名の強い指示に身体ごと押されるように、捜査員たちが一斉に動き出す。

涼真は鑑識班の手伝いとして、赤井らと一緒に署の裏手にある職員駐車場に出た。そのまま、鑑識車両のキャラバンと、予備車両のハイゼットカーゴに分乗して仙台堀川沿いに向かう。

目撃証言のあった遊歩道は、木更木橋側をキャラバン組が封鎖し、清澄通りの海辺橋側をハイゼットカーゴ組が封鎖した。涼真はハイゼットカーゴ組だった。

海辺橋北詰めから改めて遊歩道を眺める。

なるほど、明楽第一中学校の教職員室や応接室、一部三年生の教室などがある校舎の一階が、フェンス越しに遊歩道からすぐ近くに建っていた。

その敷地内から遊歩道の真ん中辺りで張り出し、遊歩道越しに仙台堀川に差し掛かるのは、今が盛りと咲く大きな桜だった。

その他、学校内からでなく遊歩道際に植え込まれた桜の並びも整然として、海辺橋上から見る限りには満開の桜の花びらが仙台堀川に降り、川面(かわも)の花筏(はないかだ)も相まって幽玄の趣があった。

現在は仙台堀川の護岸が耐震工事中で、北側の川中は遊歩道のほぼ半分までが長く武骨な鉄板で覆われていたが、それを差し引いてもあまりある景色ではあった。

が、しかし――。

そんな花見スポットも、刑事の目を通せば、ただ愛(め)でるだけで済むわけもない。

満開の桜に覆われる遊歩道は、逆に言えば見通しが悪く、街灯も少ないということなら夜間は間違いなく、誰も通りたくない道ということになる。

この仙台堀川北側遊歩道は一本道で、特にどこかの歓楽街や大型商業施設へ向かう抜け道でも近道でもない。

夜はただただ怖い。そんな道だ。

「始めるぞ」

班長の赤井の指示に従い、鑑識課員が一斉に海辺橋と木更木橋の両側から遊歩道に降りた。

涼真も桜の散り敷く地面に這い蹲り、張り付く花びらに往生しながら、それでも丹念にアスファルトの上を探った。

学校側のフェンスや、川側の手摺りを調べる鑑識課員もいる。

みな懸命に、丹念に、それこそ花びらの一枚一枚を剝ぐような丁寧さで鑑識作業を実行した。

（けど、まあ、おそらく――）

犯人そのものに繫がる物、そこに的矢をぶち当てるようなそのものズバリの証拠が出てくることはないだろうと、涼真は思った。そういう目的の作業でないこともまた、理解していた。

——地取りは地取りで、証拠固めは必要だ。必要な捜査だろうし。

前夜、日向もそう言っていた。

おそらく日向は、すべてをわかっている。

今日はきっと、その確証を得るために警察庁に行っているのだ。

やろうとしていることは、涼真たちとなんら変わらない。

懸命に、丹念に、それこそ花びらの一枚一枚を剝ぐような丁寧さで——。

それはおそらく、鑑取り班も同様だ。

そうして、気を散らすことなく、些事(さじ)にかまけることなく、自分のするべきことを全うする。

しなければならないことと出来ることは、班に拠らず全捜査員にとって、この場合見事に一致していた。

春の陽は、背中に浴び続けると汗ばむほどだった。

やがて昼の十二時を過ぎ、一斉休憩になった。

「休むときは休め。集中力と我慢は比例しないぞ」

赤井が班長らしく、自分から率先して休憩に入った。

弁当を食い、食後に缶コーヒーを飲んでいると、涼馬のスマホが振動した。

鑑取り班の佐藤からの電話だった。

――よう。そっちはどうだい。

休憩時間中の短い会話だったが、鑑取り班の進捗状況は概ね把握出来た。

あちらも日向が言ったように、本当に〈それなり〉の捜査にはなっているようだ。

やはり現状で話を聞いた各中学校の全員が全員、寺本に〈弱み〉を握られていたらしい。正確には、全員が〈弱みだと思っていた〉ということだ。

つまりMDMA、モリーに関して限りなくクロに近いグレー、あるいはクロということになる。

――まったくよ。芋づる式って言やぁいいのか悪いのか。そう言えばあの先生も一緒にいただの、あの役員さんもやってたみたいって言ってただのって、まるで数を増やせば自分の分が薄まるみてえな言い草でな。教育現場ってなあ、そんな泥溜まりなのかね。水清ければ魚棲まずとは言うもののよ。

佐藤は溜息交じりに、そんなことを言っていた。

三十分ほどの休憩になったか。

昼食もそこそこに、赤井の号令で午後の作業を開始した。どうやら最新の天気予報では、夕方から小雨になるようだった。

「焦るな。急ぐな。けど、しっかりな。そんなことをよ、昔見たアニメの中で、どっかの技師長が言ってたっけ」

単調な作業に寡黙になりがちな班員に、赤井はときおり軽口を混ぜた。

面白いのか面白くないのか涼真にはわからなかったが、そんな技師長のことを赤井が口にしたのが午後二時十五分で、その直後だった。

「班長っ」

一方の手にゼラチンシートを掲げ、もう一方の手にタブレットを持った一人の鑑識課員が立ち上がった。

「マル害の指紋が、一致しましたっ」

ちょうど校内からアーチ状に伸びた、桜の木の下だった。

「班長っ。こっちもです。血液反応、出ました！」

そのすぐ近くから別の手も上がった。

マル害の指紋となにがしかの血痕が、ほぼ同時に出た瞬間だった。

それにしても、まだ確定ではない。

指紋は〈指紋自動識別システム〉に掛けたのだろうから間違いないとして、血痕は少なくとも人血検査を経て、ＤＮＡ鑑定が必要になる。

「おおっ。やったかぁっ」

それでも、大きな成果には違いない。赤井の喜ぶ声が遊歩道に響いた。

涼真も、思わず自分の持ち場で立ち上がった。

と――。

ポケットの中に、スマホの振動が感じられた。

手に取ってみれば、メールの着信だった。

〈今すぐ戻って来い〉

捜査本部の、椎名係長からだった。

直接の指示は珍しい。いや、珍しいどころか初めてだ。

ということは、どうでもいい話であるわけもなかった。

何かのアクシデントかトラブルか。

いいや、何かではない。

涼真が呼ばれるとすれば、日向に関することだ。

「班長」

「なんだ。月形」

「椎名係長からなんですが」

告げれば、班長だけあって赤井も、ただ事ではないと察知したようだ。車を使えと言ってくれた。

「有り難うございます」

ハイゼットカーゴを運転し、押っ取り刀で湾岸署に戻り、捜査本部に駆け上がる。

実に――。

静かな捜査本部だった。捜査員の全員が出払っているようだった。

そんな中、ひな壇に五人の男たちがいた。

正確にはひな壇に四人と、その手前に一人だ。

捜査一課長の大野と管理官の中村と椎名係長に、湾岸署長の杉谷、そして日向だ。

沈鬱な顔ばかりが並んでいた。陽気な顔は一つもなかった。

涼真は気息を整え、ひな壇から少し離れたところに立った。

「なんというか。なあ、日向」

大野が腕を組んだ。

溜息交じりの声は、会議室を吹き流れるようだった。

初めて聞く、大野の憂いを含んだ声だった。

(ああ)

その声だけで理解出来た。

捜査一課長に溜息をつかせる事態は、想定された涼真の中の回答に、そう多くはなかった。

いずれにせよ、大詰めは近い。

「それが最善なのだろう。だが――」

中村管理官が言った。

振り上げた拳で机を叩いた。

音が、会議室の静寂を割った。

——正義が、遠い。

声はか細く、机の音に掻き消されるようだった。

「あのときもこのときも、正義なんか、命の前には吹き飛ぶってことっすよ。ただわかってんのは、誰も彼も、一生懸命ってことっすよ」

日向はひな壇に背を向け、歩き出した。

「それだけのことっすよ」

涼真の前に来て、足を止めた。

伸びた右手が涼真の左肩に置かれた。

熱かった。

「明後日な。また約束したんだ。天気もばっちりだってよ。で、そのときな。そのとき、事件はよ——」

終わるよ、という言葉を、涼真は背中に聞いた。

日向はそのまま、捜査本部を出て行った。

涼真は、目を窓の外に向けた。

予報通り、絹糸のような雨が降り出していた。

「月形」

大野捜査一課長の声がした。

顔を戻せば、大野だけでなく、ひな壇の全員が涼真を見ていた。

「あいつを一人にするな」

一課長がそう言った。

「酒を呑むのもいいだろう」

中村が言った。

「こういうときは、親子でいい」

椎名も言った。

咄嗟に一礼し、涼真は日向の後を追った。

エントランスから出れば直属の上司が、いや、父が、いや、一人の刑事が、雨を睨んで、天を見上げていた。

三十一

黎明も近付く頃の、江東区立若洲公園だった。

その護岸のフェンスに肘を乗せ、日向は釣り竿の先を見詰めていた。

磯の香りが深く、濃かった。

それだけいい天気だということだ。海の匂いを散らす風もない。

左前方、防波堤の管理釣り場の方では、子供のやけにはしゃぐ声が聞こえた。

何かを釣り上げたようだ。

それに比べて――。

「やっぱり、釣れねえなあ」

日向はリールを巻き上げ、また投げた。

小魚を模したメタルジグが東雲の陽に煌(きら)めき、水面に落ちた。

そうして竿をしゃくり、しゃくり、リールを巻き、巻き上げる。

朝まだきから竿を振り、これを何度繰り返しただろうか。

何も釣れない。

お互いに。

なら、もういいだろう。

「なあ、二つの事件の犯人はよ。あんただよな」

四課長、と言って、日向はまた糸を出してジグを投げた。

すぐ隣に、少し背を丸め、拝むような手つきで竿を握った、小柄で痩せた、胡麻塩(ごましお)

頭の老人がいた。

　真っ直ぐ東京湾を見詰めたまま、

「ああ。そうだ」

　勝又はまるで、吸った息を吐くように答えた。

「よくわかったな」

　勝又にしては小さな声だった。小さくて穏やかな声だ。

　波の音にも似ていた。

「だってよ。四課長、俺に言わなかったじゃないっすか。マル害が異動直後に起きた少年の、いや、福原健斗(ふくはらけんと)君の死を」

「聞かれなかったからな。俺が聞かれたのは、寺本が校長だったときの話だ」

「異動からわずか二日っすよ。四月二日。言ってみれば、マル害が校長だったときの失点でしょうに」

「そうだと誰もが思うよな。だが、そうはなってないはずだ。あの男は、そんなミスはしない。飽くまで、記録上は次の校長の関わりだろう」

「ですかね」

　日向は竿をしゃくった。手応えはない。

「それとさ、四課長。あれっすよ。その当時、明楽第一中学校のＰＴＡ会長だった、田中都議会議員の件」

「それこそ、聞かれなかったからな」

「さらにはっすよ。その田中が区議会議員だった頃、初めて明楽小学校のＰＴＡ会長になった頃、副校長として赴任してきたのがマル害だった件。田中区議の下の子が、健斗君と同級生だった件」

「全部が全部、聞かれなかったことだ。余計なことを言う口は持たないな。昔から」

勝又も竿をしゃくった。

「でも、お前は辿り着いたよな。――まあ、辿り着くとは思っていたが」

勝又の口から息が漏れた。

かすかに笑ったようだった。

「これは別に、負け惜しみじゃないぞ」

しゃくり、糸を巻き取り、竿を振る。

勝又も日向同様、何度目だったろう。

この日は日向だけでなく、勝又もここまでボウズだった。

潮が悪い、時間が悪い、日が悪いと勝又はぼやいていた。

それだけだろうか。

遠く、管理釣り場の防波堤では、また別の親子連れが歓喜の声を上げていた。何かを釣り上げたようだ。

勝又はそちらに目をやった。

なんで帰ってきた。

海に投げるように、勝又がそう言ったような気がした。日向の空耳だったかもしれないが。

「どうして、殺したんすか」

聞かずにはいられなかった。

「どうしてって。そうだなあ」

勝又は、竿を持つ両手を、肘の辺りでフェンスに乗せた。

そうして、遠くを見るように目を細めた。

「──死に掛けなんだ。俺は」

「そんくらい、知ってますよ」

日向も両脇を掛けるようにして、フェンスに身を預けた。

「病院。千葉大まで行って、確認してますから」

「病院？　ああ、もしかして、この間の釣りのときか」

「そうっす」

「やっぱりな。薬の袋の角が折れてた。俺のせいか気のせいかってな、そんくらいには思ってたんだ。まさか、そのときから俺のことを疑ってたのか？」

「まさか。あのときは、九州の話、口止めしてぇってえか、本当に日曜日だったしね」

「そうか。まあ、それもいいか。――それで、聞いてきたって？」

　日向は黙って頷いた。

「ふん。あのヤブ。口が軽いな」

「そいつぁ可哀そうだ。医者ぁ、別に訓練されてるわけじゃないっすから。ヤブか名医かは、病をちゃんと治すかどうか。それだけっしょ」

「病をちゃんと治すか、か。――たしかに、俺の身体から静かな癌を見つけた近所の病院は、お手上げだったな。あれはヤブだが。そうだな。たしかに、ヤブじゃないか。千葉大の医者は、一緒に戦いましょうって言ってくれたっけ。それを無駄にしようとしてるのは、俺の方だった」

「なんでわざわざ千葉大っすか」

「昔、知り合いが癌で入院しててな。そのとき、いい外科だと思った。紹介状って話になったとき、だから真っ先に思い浮かんだ。それに、あまりに近いと、こっちはお前みたいな知り合いも多い。何かと、面倒臭いと思ってよ」

「面倒臭いっすか」

「ああ。眩しくってな。面倒臭い」

勝又は無造作に、三度ばかり竿をしゃくった。

「日向。どうしてって言ったな」

「ええ。言ったっすね」

「そう聞かれたら、だからだよ、って答えるしかない。――ああ。一緒に戦いましょうって言葉じゃねえぞ。あと半年ってな、言われたら、それくらいしか先がないと知ったら、どうしてもそのままには出来なかったっていう、そんなごくごくありふれた動機は、何を言われようとそのまんま、ありふれた結果にしか行き着かないってもんだ」

そういうもんか、と日向は一瞬でも思ってしまった。

思った自分を自覚した。

思ってしまった自分に、勝又を糾弾する資格はもうなかった。

竿を立ててみた。

手応えはこれまで通り、皆無だった。

「四課長。釣れねえな」

「ああ。釣れないな」

勝又もまた、二、三度ばかり竿をしゃくった。

「釣れないなら、そうだな。釣れない徒然に、話すとしようか」

「そうかい。なら仕方ねえ。俺も、釣れねえ徒然に聞くとしようか」

減らねえ口だと言いながら、勝又はリールを巻き上げた。

メタルからワームへ、ジグを変えるようだった。

「さて、どれくらい前だったかな。健斗君が生まれたのは」

「二十一年前っすか」

調べたばかりだ。日向にはよくわかっていた。

健斗、福原健斗は福原慎介、九州で死んだモグラ、竹田壮介の一人息子だ。

「そうか。二十一年前か。ふん。もうそんなになるのか。生きていれば二十一歳か。

――生きていればな」

ハリスとラインをたしかめ、投げる。

オモリが軽かったのか、ワームは力なく近い海面に落ちた。

が、勝又に気にした様子はなかった。

「生まれたのが二十一年前なら、そこから七年引いた辺りだ。小一の健斗に、健康診断で病が見つかったのは。小児特発性、なんて言ったかな」

「そう。それだ。今のところ、心筋機能を上手く保つ薬はないんだってよ。安定してるならすぐにどうのってことはなくても、最終的には移植手術に頼るしかないってな。これは全部、珍しく真剣な顔をした慎介に言われたことだ。まあ、安定しなくなったら即手術って話らしいが。心臓移植手術となれば、そのときは一億四千万って言ってたかな。あいつは本当に、困ってた。——どうしたらいい。おやっさん」

助けてくれって言われてな、と勝又は言った。

言われてもよ、とも言った。

「それで金のためにってことっすね。聞きました」

「聞いた？　誰に」

「白木内閣官房副長官っす」

モグラの必要経費は俸給の他にほぼ倍額の支給で、情報についても一件ごとに報償が支払われる。上手く裏社会を泳げば一年で八桁の貯金も可能だったろう。

金で釣ったんすか、と日向はそのものズバリを白木に聞いた。

白木はそうだと答えた。

勝又組対四課長は、このことに嚙んでるんすかと聞いた。

そうだと白木は短く答えた。

それで十分だった。

「手っ取り早いと言っては語弊があるだろうし、短絡的だと言われれば返す言葉もないがな。随分前にも、一度だがあったんだ。俺の部下が、そんときは四国だったな。それで、俺は白木正和ってえ総務部の情報管理課長を知ってた。それで、それとなく打診してみた。あの男は、上手くモグラに出来る奴の暗部をくすぐる。いや、暗部を覚悟に仕立てる。お前のときもそうだったんじゃないのか」

「俺のときっすか」

月形明子というキャリアの警視に張り付く、コバンザメのような夫。

その威光で昇任し、本庁捜一に抜擢された巡査部長。

本庁は息苦しく、家庭など初めから存在しなかった。

「そうっすね。ただ、そう。ああ。俺んとき、白木さんは課長補佐でしたけど」

「出世だよ。こっちから動かないとなかなか手も足も口も出さないが、言ったことは守る。そういう奴が出世するんだな。今じゃ内閣官房副長官だろ。雲の上だ」

勝又は二度ほど、竿をしゃくった。

「モグラになれば白木の方からそれなりの金が入り、ヤクザとしての〈稼ぎ〉や〈手当〉も入る。慎介は、それが喉から手が出るくらい欲しかった。子供の、健斗のためだ。――なあ、日向。あいつは頑張ってただろ。九州で。二、三度、お前は俺に苦々しく言ってたものな。あれぁやり過ぎだ。目ぇ付けられるってな。けどな、本人にして見りゃ、そりゃあ最初からわかってたことだ。だから、俺も後押しした。普通なら話さない他のモグラの素性を、お前にわざわざ話したのは、そう言うことだ」

「ああ。なるほど」

日向は思わず苦笑を漏らした。

ワルだが使える、とたしかに勝又から聞いた。それは裏を返せば、ワルをする竹田が実はモグラだから、捕まらないように見てやってくれということを、暗に囁く呪文であったようだ。

まんまと乗せられた。

それが日向の口元に笑みを作った。

「ワルの後押しっすか。四課長が」

「いいか悪いかは、この際、度外視だった。度外視がモグラの立ち位置だと俺も目を瞑った。――実際、一億四千万だからな。それくらいやらないと、健斗の命に間に合わないと慎介も思ったんだろうな。いつ発作が起きるとも知れないんだ。それで、売春も阿漕な美人局も、小汚い地上げもクスリのバイも、そう、クスリの横流しも、あいつはなんでもやったんだ」

知ってるだろ、と聞かれた。

そうだったな、と答えるしかなかった。

その荒稼ぎが後に仇となって、竹田は命を落とした。

「あいつはな、日向。その横流しを、都内でもやったんだな。売った相手が、区議会議員だった田中だ。ちょうど、田中の下の息子と健斗が同じ小学校の同じ学年だった。田中と慎介が知り合ったのは、このPTAだったんだってよ。小学校あたりのPTAってのは、両親のどっちかが必ず一回はやらなきゃならないんだってな。俺は一人身だから、よくは知らないが」

「一人身ね。へっ。一人身じゃなくても、俺も知らねえけどね」

「お前はその頃、モグラだろ。慎介は命が代償になったが、お前は、子供との生活が代償だったんじゃないのか」

その通りかもしれないし、違うかもしれない。

答えなかった。

その通りなら、寂しい。

その通りなら、悲しい。

その通りなら――。

このとき日向には、答えが分からなかった。

「とにかく、健斗が小学校に上がる前、まだ心臓病を発症する前だ。慎介はな、健斗の入学に合わせて官舎を出るって言ってよ。結構無理して家族のためにってんで、門前仲町に3LDKの新築マンションを買ったんだ。それまでの官舎は部屋も人間関係も窮屈だったが、新しい土地ってのも、知ってるママ友ってのか、そんなのもいないのは心細いだろうってな。慎介は、奥さんの恵美(めぐみ)さんに代わって、自分から率先して低学年の役員になったんだ。だが、すぐに健斗の健康診断があってな。あいつは九州に行くことになったから、たった半年間だけの任期だったらしいが。本当に家族思いで、仕事熱心で。日向。あいつはよ、きっとお前が思うよりな、ずっといい奴なんだ」

「そうなんすか」

さすがに、それは言われてもわからなかった。

――初めから刑事にしておくのは惜しいくらいのワルだったが、案の定、こっちに居づらくなって島流しだ。

そういう触れ込みで警視庁を離れ、九州に下ってきた男だった。

「警察官の、特に刑事にはよ、あるあるってやつかもしれねえが、慎介もマンションの周りの住人には、ただ公務員だって言ってあったらしい。出向で九州に行くことになったってな。近所では、誰にも怪しまれることはなかったってよ。——それで人知れず、誰にも怪しまれることなく、警察官からヤクザになったんだ、あいつは。ああ。日向。お前もだったな」

特には答えなかった。

日向もリールを巻き上げ、ジグを変えた。

東雲の輝きに合わせ、小さめのメタルジグにした。

竿の調子を確認し、少し手前に落とすようにした。

——おっしゃぁ。

管理釣り場の防波堤から、また歓喜の声が聞こえた。

長い防波堤のあちこちで、何本もの釣り竿が弦月を作っていた。

東京湾に突き出た防波堤の方が、間違いなく釣果は見込める。それは道理として最初から分かっていたが、こうまで違うと羨ましくもあり、情けなくもある。

——やったぁ。

勝又が防波堤に目をやった。

細められた目には、慈しみと言っていい穏やかな光が感じられた。

小魚を釣り上げたのは、小学生のようだった。

話が途中だったな、と言って勝又は竿を軽くしゃくった。

「田中はな、小学校の高学年、四年生に長男がいて、最初っからPTAじゃあ副会長やってたんだってよ。都議会に出るつもりもあって、人気取りも目論んでたらしい。歯医者としても顧客も増やしたかったってのかもな。周りの連中も、区議会議員さんなら安心だ、一緒に頑張りましょう、お手伝いしますってな。そんな、いいことばかりを言ったらしい。だけどよ、その翌年だ。健斗が二年生だから、田中の下の子も同じだな。で、上の子が五年生になったときだ。五、六年生のPTA役員の中に、辞めずに〈残っていた〉お父さんは、田中一人だったようだ。そんなんで、会長には自動的に選出されたらしい。まあ、選出も何もあったもんじゃなかったようだが。――それで最低でも二年間の確定で会長になって、それから初めて知ったようだ。押し付け合いの結果でPTAやってる連中の掌返しと、我が子だけ可愛さと、責任感の無さのもの凄さをよ」

また竿をしゃくり、勝又はその細い竿先を見詰めた。

「区議会も顧客も、田中の頭からはもくろみの全部が吹っ飛んじまったようだ。ほとほと参って、九州の福原、いや、竹田に愚痴の電話を掛けたらしい。そんな田中にな、いいチャンスだと、竹田は持ち掛けたんだ。いい物がありますよ、痩せるクスリって評判の奴が、ってな」

「それが、モリーっすね」

「そうだ。お前にはお馴染みだよな」

日向は黙って頷いた。

当時、モリーは九州の青猿組が大きく扱い、中でもその傘下の金剛連が主な窓口だった。竹田が所属していた組織だ。

「公務員面で近寄って来て、ヤクザの顔で売る。田中も最初は驚いただろうが、買わない手はなかったんだろう。ちょっと小知恵が働く奴ならすぐにわかるはずだ。上手く使えば、金にも武器にもなるってな。最終的に田中が、どのくらい買ったか売ったかは知らない。けどな日向。〈もの凄い〉PTAは大人しくなり、田中は都議会に当選した。これが結果ってことだろうな」

勝又は竿を立て、少しリールを巻き、すぐにまた寝かせた。

来ないな、と呟いた。

来ないっすね、と日向は答えた。

満足だったのか、勝又は頷いた。

「その田中からのモリーを、寺本も使ったんだ。田中がPTAを大人しくさせていく過程を、寺本は副校長として目の当たりにしてるんだ。興味津々だったんだろう。副校長って職は校長に上がる前の研修みたいなもんだってことだ。だから逆に、〈二年で駆け抜けろ〉って言われたりするらしい。それだけ大変で、下手を打ったら上がり目のない役職だってな。――どうすれば、周りが言うことを聞くようになるんですか、とでも聞いたかね。いずれにしろ、それで寺本は田中から、モリーを無償か格安かは知らないが、分けてもらったってことだ。異動しても校長が学校を牛耳れば、いや、異動すればするほどかね。田中は今後とも、都議選では多くの票が寺本が保護者に撒くモリーで牛耳れる。そんな青写真を描いたかもしれない。田中は結局、初めて会長になった年から、四年連続で小学校の会長をやって、そのまま中学校の会長も三年間、計会長を七年間もやったんだ。その間に一期、都議会議員にもなった。この都議会は な、念願だったろうに、一期で終わったがな」

「みたいっすね」

献金疑惑にセクハラに不倫。

どれも小悪党の罪業、所業だ。

「ほう。田中について、少しはわかっているようだな」

「そうっすね。聞きましたから。八王子の捜査本部で」

「そうか。なら分かるな」

「うっす」

「あいつは、馬鹿だ」

「馬鹿っすね」

他に形容する言葉などない。

「その馬鹿の、PTA会長三年目の年だった。健斗が十歳、小四の冬だ。東京に雪が降った日だったよ。慎介が電話を掛けてきてな。おやっさん、俺はよ――」

どんだけ稼げばいいんだろう、と竹田は泣き言を吐いたらしい。

「移植手術の値段が、デポジットって言うのか、吊り上がっちまってな。一億四千万のつもりだったものが、いや、それだって順調じゃあってもまだまだ足りなかったものが、いきなり二億を超えちまってな。しかもよ、運の悪いことに、恐れてたことが起きちまってな」

勝又は竿をしゃくり、そのままリールを巻き上げた。

「健斗の心臓にな、不整脈が起こっちまったんだ。小難しいことはわからないが、心筋症ってのは、致死性の心事故の確率が跳ね上がるんだってよ。慎介の泣き言は、そんな心の焦りだった。血を吐く思いで悪事にまで手を染めて集めた金は、なんのためだったのかってな」

足りない足りない。

足りない足りない。

連絡を取れば、最後までそんなことばかり言っていたらしい。

「そうっすか」

聞いて、ふと日向は違和感を覚えた。

「え？　連絡を取ったって」

引っ掛かった。捨て置きには出来ない凝りだった。

「え、最後までって。四課長」

竹田の最後は、今の話の翌春だ。その春は、勝又が福岡県警にやってきた春で、竹田は勝又の命を狙うヒットマンとして潜った春だ。

最後の最後までとは、なんなのだ。

「ああ。連絡は取ってた。最初から最後までな。最後の最後までだ。だから、悪いな。日向。謝るわ。墓場まで持っていっちまえと思ってたが、お前は帰ってきた。出会っちまった。そしたら日向。悪かったな。俺は、謝るしかないんだ」

「――なんだよ。四課長。謝るって。なんだよ、それ」

他に言う言葉は見つからなかった。

そう言うだろうな、と勝又は言った。

「慎介はよ。あの最後の年の正月にな、思い出したんだ。モグラになる前に、白木課長と交わした契約を」

「白木と、契約だ？」

　思いつかなかった。

「わからないのか？　わからないなら、お前は聞き流したのかな。書かなかったか？　書類に名前を」

〈万が一のことがあっても、残された家族の生活に心配はない。合法非合法から言えば間違いなく非合法に振れるが、警生協の共済と民間の合算で一億だ。その代わり、全身全霊で染まれ。励め〉

　そんな保険に、竹田は本名の福原慎介でサインしていたという。

「そんな保険――」

　知らなかった、と日向は言いたかったが、奥底で蠢く記憶があった。

　かすかに、そんな話を聞いた気がした。命を捨てにいくわけじゃねえと、そんな事態になったとして、明子にそんなクソみてぇな金を残せるかと、断った気がする。

　思わず、そんなことをそのまま、勝又の前で呟いた。

　勝又は寂しそうに笑った。

「俺が福岡に行ったのは、そんなクソみてぇな金のためだったんだな」

「――そのためって、おい。なんだよ。そこまでは聞いてねえ。いいや、内閣官房まで出向いたってのに、白木の野郎は言わなかったぞ」

「そりゃあ、お前が聞かなかったからだろうよ。さっきも言っただろ。こっちから動かないとなかなか手も足も口も出さないが、言ったことは守る。そういう奴が出世するってよ。いいや、聞いてないならそれでもいい、俺が言う」

勝又はまた、竿を振った。

「日向。俺が福岡に行ったのはな。あいつが死ぬ切っ掛けを作るためだ。いいや。健斗を救うためだった」

日向は、力任せに奥歯を噛んだ。

そうしなければ、愕然とした弱気が口を衝いて出てしまいそうだった。

だから、口は開けなかった。

次の言葉はもう、出るわけもない。

「だからな、日向」

日向に構うことなく、勝又は竿をしゃくり、話を続けた。

「だから、お前から何度、忠告があっても聞けるもんじゃなかった。俺は、あいつが死ぬ切っ掛けを作るために福岡に行ったんだ。俺は、きっとお前ならそんな手配りをすると踏んで、あいつと図ったんだ」

愕然としながら、勝又が何を言おうとしているのかはわからなかった。

いいや——。

拒絶したかったのだ。

実際にはわかっている。何を言っているのかは。

これはすべて、勝又の情が言わせている吐露だろう。

そして、その吐露は、情であって日向の好意に唾を吐き掛けるものだった。

「なあ、日向。慎介はきっと、健斗の笑顔を思い浮かべながら死んだんだ。本望だったろうよ。あの時点ではよ」

ラインを巻き取り、勝又はまた投げた。

もう何度目だったかわからない。

「この事件は、あっちでは結構話題になったようだな。暴力団員同士の痴情の縺れだってことにはなっているが、それ以上深く掘られることもなく鎮静化してったのは、あれはな、白木課長が動いたからだ。間違いないぞ。俺は聞いたからな。課長は、そうだと答えてくれた」

そう聞いても、日向は固まったように動けなかった。

当然声もない。

「なんだ。黙っちまって。――まあ、いいか。こっからは特に、それでもいい。聞くだけ聞いてくれや。もうすぐ死んじまう爺いの独り言、戯言、世迷い言だ」

勝又は竿をしゃくり、リールを巻き上げ、また投げた。

ワームジグは吹き始めた風に乗り、それまでより遠くの海面まで運ばれ、揺れるような波の中に落ちた。

三十三

保険金はな、すぐに下りたよ。俺も口を利いたしな。白木課長も手を回してくれたようだ。これは、言う言わないじゃあない。支払いは、白木課長にとっては当然の義務だったんだろうな。

すべての準備が整ったのは、健斗が十一歳の秋だった。恵美さんに付き添われて夏前に渡米して、どこって言ったかな。そうそう、コロンビア大学小児病院だ。そんな名前だった。夏前に渡米して、晩秋に手術は成功した。それから経過を見てリハビリを始めて、翌年の夏過ぎには日本に帰ってきたよ。もちろん、健斗は走れる身体になってな。

ただ、な。

ただ、よ。

二人が戻る前からもう、周囲の環境は変わっていたようだ。そう、九州で死んだ竹田壮介ってヤクザが、実は福原慎介だったってな。本当は逆なんだが、誰が言ったものか。もうとっくに寺本は小学校にはいなかった。あのときはもう、新任の校長として、荒川区の桜ノ木中学に赴任してた。だから、広めたのはきっと田中だ。折角、慎介が命まで懸けた金でな、心臓移植手術を成功させて戻っても、母と子に待っていたのは近所の連中の白い目ばかりだった。

――ヤクザがさ、悪いことして得たお金で、心臓買ってもねえ。

そんな言葉を恵美さんは、あからさまに聞いたこともあったってよ。

ヤクザの妻、ヤクザの子。

四面楚歌の中で、自分だけが寄り添うってのが田中の目論見だったのかもな。

実際、田中は、

――何か、お困りではないですか。いつでも相談に乗りますよ。私はなったばかりですが、都議会議員ですし、もう何年も明楽小学校のＰＴＡ会長で、今年は明楽第一中学でも、長男の関係でＰＴＡの会長になったんですよ。

となぁ、ずいぶんな猫撫で声で寄ってきたらしい。子供の心臓の手術に、二億を超える金を用意したんだ。もっとあるだろうと踏んだものか、クスリの予備でも家に隠していると踏んだものか。なんにせよ、田中にあったのは間違いなく損得勘定、ただの打算だ。

もっとも、何を言われたって恵美さんに金なんてありはしない。ギリギリだったたんだ。本当に、慎介の命を金に換えても、ギリギリだったんだ。俺から毟り取った金はどこだ。田中は、最後には本性もあらわに、クスリはないのか。まさか有り金全部、本当にそんなちっぽけな心臓代に使ったのかってな。自分からわざわざ悪事を白状するようにそんなことを言って、恵美さんに迫ったらしい。だがよ、何を言われても、恵美さんは毅然と胸を張って負けなかったってよ。――慎介が文字通り、命を懸けて守った健斗がいたからだろうな。

残された妻は強い。守る者のいる母はもっと強い。

俺にはわからないが、そういうことなんだろうな。

だが、そうなると憎さ百倍というか、八つ当たりというかな。とにかく二人に対する、田中からの風当たりは相当に強くなったようだ。

しかもそれは小学校で終わらず、健斗が中学に入ると、そのな――。

口にするのもなんだが、その、な。そう、酷い苛めが始まったんだ。田中の下の子が中心になってな。ＰＴＡ会長の、親の意向もあったんだろう。

この年から、中学校の新任の校長が寺本だってことは知ってたが、田中との関わりなんかはまだ知らなかった。寺本が明楽小学校の副校長で、田中や慎介や健斗と絡んでるなんて知ったのは、実はつい最近のことでな。――俺はなぁんにも知らなかった。恵美さんと健斗は慎介の分も、しっかり生きてると思ってたよ。慎介が部下だった頃は、健斗の誕生会とかな。独り者の俺を慎介夫婦が気にして、呼んでくれたっけ。健斗が幼稚園の頃までだったら、それなりに福原家と交流もあったんだ。けどな、特にあいつが死んでからは、敢えて顔も見せなかったよ。どう考えても恵美さんにも健斗にも、俺は哀しみの鍵でしかないと思ったからな。在りし日の慎介を思い出してよ。だから――。

本当に、俺はなぁんにも知らなかった。恵美さんと健斗は慎介の分も、しっかり生きてると思ってたよ。

俺は、その頃ちょうど定年の時期だったんでな。悠々自適ってのにはほど遠かったが、少し前に始めた趣味の釣り三昧に、ほんの少し仕事でもしてなんて老後を想定してたんだが、それどころじゃなかった。

健斗が中二に上がる春だった。二人の住む門仲のマンションにな、翌月に控えた定年の、最後のつもりで挨拶に行ったんだ。慎介の死から丸三年だった。

驚いたよ。そりゃあ、驚いた。二人とも、やつれててな。俺の定年どころじゃなかった。どうしたって、すぐに聞いたよ。

――夫のことで。古い街ですから。私は、いいんです。でも健斗が、学校で。

それだけでわかった。十分だった。

俺は、自分を責めた。抜かったんだ。天下の四課長だってのにな。

だから俺はすぐ、スクールサポーターに応募したよ。最終的な階級や等級にはなんの問題もなかったはずだ。バタバタだったが、定年と同時にすぐ採用された。まあ、少しばかりはな、定年の前に四課長の威力は使わせてもらった。勤務地は深川署にってな。

すぐその足で、所轄を通じてにはなるが、〈苛め撲滅〉の名目で明楽第一中学校に乗り込んだ。

ただ、このときはまだクスリのことも、田中や寺本のことも、正直に言えば、知らなかった。ただ、死んだヤクザの妻子ってことで村八分って言うのか、そのことだけで差別されてると思ってたんだ。校長の寺本以下、副校長や学年主任、担任、イジメてる子のグループ、その担任に、保護者も呼んでな。こっちは恵美さんと健斗だ。都議会議員さんは来なかったが、それぱっかりは俺もどうにもならなかった。

間に立って、結構凄んでみせたっけ。組対の四課長がな、本気で凄んだ。居並ぶ連中は全員ビビッてたな。

それでなんとかなると思った。

それに、健斗がよ、言ったんだ。自分の胸に手を置いてよ。

——先生。勝又さん。みなさん。これは誰の問題でもありません。僕の問題です。僕がしっかりしていれば、きっと解決出来ることなんです。お母さんもね。僕は大丈夫だよ。ただ見守っていてくれれば、それでいいです。大丈夫。僕は、強くなりますから。

そんなことをな、言ってたんだよ。

言ってたんだなあ――。

強がってよ――。

三年生になってもな、元気に振る舞ってた。情けないが、その裏を俺は見抜けなかった。

内申書って言うのか、受験のよ。それにも、変な手を回されたのかもしれないな。頭のいい子だったが、どうしようもない高校の二次にしか引っ掛からなかった。それでも、落ち込んだ顔は見せなかったな。俺も、学校の程度はどうあれ、現在の健斗を取り巻く周囲の環境から離れられればってな、そっちばっかり思ってた。

いや、願ってた。

それでな、卒業式だよ。

健斗は出席しなかった。嫌な思い出ばっかりだからな。それもいいと俺は思ってた。

そしたら、その二週間後だ。春だよ。満開の桜のな。そう、中学校裏の、敷地内から仙台堀川に張り出した、あの桜だ。

あの桜で、健斗は首を括って死んじまったよ。

自殺だ。遺書があったんだ。後で知ったことだがな。

〈こんなことなら、新しい心臓なんて欲しくなかった。生まれてきて、ゴメン〉

田中だったよ。息子が卒業しても、五月一杯まではPTAの会長で、スキャンダルまみれでも、六月一杯は都議会議員でな。いい所も見せたかったんだろうし、再起も図りたかったのかもしれない。

――卒業式は神聖なものだ。ヤクザの子は、出ないで欲しい。

そんなことをな、健斗は言われたらしい。田中と、校長の寺本からな。

絶望しちまったんだ。いや、させちまったんだな。

慎介も健斗も失って、けど、恵美さんは気丈に生きたぞ。

――マンションの返済がありますから。もう、誰にも迷惑を掛けたくないので。

田中はまだあると思ってたみたいだが、もう本当に、健斗の手術で有り金を叩いてたんだ。健斗の学校とマンションのローンと、後は、本当に切り詰めてたんだなあ。

健斗が死んでからは、恵美さんはそれまでのパートをいくつも増やしてよ。働くことで、哀しみから逃れたかったんだろうな。

周りもさすがに、さすがに健斗の死以降は、後ろめたくなったみたいでな。直接関わることはなくとも、遠巻きにも陰口をきく者はなくなったはずだ。田中も、自分で勝手ににっちもさっちもいかなくなって、逃げるように八王子に引っ越していったしな。

俺は途中途中で、出来る限り恵美さんのことは気には掛けてきた。見てきた。スクールサポーターをしながらな。刑事だった俺の目から見ても、恵美さんは働き過ぎじゃないかと思わなくはなかったが、本人の哀しみの大きさを思えば、そう、何も言えなかった。

そうして、健斗の死から丸五年も近い、今年の正月だった。正確には、去年の暮れだ。

――マンション。買ってくれませんか。

俺は恵美さんに、そう持ち掛けられた。身体の調子が悪いんで、出来たらマンションの残金を綺麗にして、故郷の田舎に住もうかと思ってるんですってな。

田舎はどこか知らなかったが、聞かなかった。どこかで、俺はホッとしたのも事実なんだ。

刑事として燃える慎介も見てきた。その結婚も、俺の知らない温かい家庭も、苦悩も、ヤクザの慎介も、可愛らしい健斗も、大きくなった健斗も、その死に顔も、恵美さんの哀しみも、どんどんやつれていく一部始終も――。

だから、恵美さんに田舎で暮らすって聞かされて、もうなんにも見なくていいってな、釣り三昧も悠々自適の真似事もってな、そう思ったのも事実なんだ。

それで、恵美さんとの間に知り合いの宅建業者入れてな。相場より高く設定して買ったよ。３ＬＤＫは独り者には広すぎたが、退職金を叩いて買った。それで恵美さんに、マンションの残債を払ってもお釣りがくるどころか、田舎なら小さな家が買えるくらいは残るかと思ってな。

本当に、良かれと思ったんだがな。

年内には売買も移転登記も済ませた。鍵も貰ったが、恵美さんには思い出が詰まったマンションだ。本人が完全に引っ越しを済ませるまではと思って、しばらくそのままにしといたんだ。

そうしたら、一月の中旬だったか。福岡県警から電話が掛かってきた。

恵美さんな、アクロス近くの天神の公園で、一人で死んだってよ。そう、慎介が死んだ場所だ。そこで、家族三人で写ってる写真を、胸に抱いてな――。

住民票がまだこっちだったんだな。俺の名刺も持っててよ――。

それから、俺はマンションに入った。恵美さん、マンションが売れたら、最初から死ぬつもりだったんだな。田舎なんて嘘だった。だから引っ越す先なんてあるわけもなくな。全部が全部、生きてた頃のまま、綺麗に手付かずだった。

部屋中にな、慎介とな、恵美さんとな、健斗が一杯いたよ。全員が笑ってたよ。

そこで俺は、恵美さんの日記を見つけた。話は戻るが、その日記で初めて、俺は田中や寺本や、クスリのことを知ったんだ。

健斗の遺書も、このときに読んだ。

読んでいくうちに、どす黒い気が、こう、胸の中にわだかまってくのが自分でもわかった。黒い黒い、なんだかわからない塊のようなものだ。

ふふっ。そんなものが、もしかしたら俺に決意させるために形を取ったものか――。

体調が少し悪かったんだ。スクールサポーターとして、流感には気を付けないといけないしな。それで、近所のヤブ医者に行ったんだ。

癌だってよ。告知の有無ってアンケートはなかったように思うが。まあ簡単に、余命半年だって言われたな。

さっきも言ったが、ごくごくありふれた動機は、何を言われようとそのまんま、ありふれた結果にしか行き着かないってもんだ。

この歳になって、身を以て知ったよ。

人間は弱い。弱い人間は怖い。怖い人間は悲しい。

みな、人間なんてそんなものかな。

そしてそんなふうに思う俺を、俺は俺自身で大嫌いなんだが。

なあ、日向。教えてくれよ。

なあ、日向。聞いているか？

三十四

「ああ。聞いてるよ」

それしか言えなかった。

口の周りが重い。いや、それ以上に全身が重かった。

だが、勝又にはそれだけで十分なようだった。

「ああ。そうかい。聞いてるなら、まあ、それでいい」

勝又はまた竿をしゃくった。

「それでな、俺は田中と寺本に手を出した。どっちが先でもよかったんだが、田中の方が遠くにいたし、日程のこともあって先になった」

「田中が死んだなぁ、あれかい？　卒業式の日」

「そうだ。田中が健斗に、出席を許さなかった日だ」

勝又は、次第に明けゆく海の朝に目を細めた。

「だからってわけじゃないが、寺本が死んだのは、健斗が死んだのと同じ場所だ。そこから突っ転けて流れの中に落ちた」

「そっすか。――こっちは、日にちは違うんすね」

「こっちは、桜が大事だった。健斗が首を括ったのは、満開の桜の下だからな」

勝又はリールを巻き上げた。

「田中にしろ寺本にしろ、誘い出すのは簡単だった。ヤクザ声で恫喝気味にな、福原の代わりに、これからもいい関係でいようぜぇってなもんだ。なるたけカメラのない道を探してな。残された時間が少ない分、時間はあった。ふふっ。矛盾かな。なんにせよ、造作もないことだった。そもそも、そんなのを追うのが俺らの仕事だったんだからな。それから、田中と寺本のどっちにも、道順を書いた地図を送って。その翌日に恫喝めいた電話を掛けて。準備はそれだけだ。あとは現場で待っていればよかった」

よっ、と声を出して竿を引き上げる。

獲物は掛かっていなかった。

「まったくな。心が落ち着かないと釣れないものか。あいつらより魚との対峙の方が、何倍も難しいってもんだ」

また、ジグを遠くに投げた。

リールの音だけが軽やかに聞こえた。

「教えようか。俺の誤算というか、不運はな。日向」

「なんすか」

「寺本が運河に沈まなかったことと、お前が警視庁に帰ってきてた、そんなお前と再会したってことだ」

「それってなぁ、捕まりたくなかったたってことっすか」

「そりゃあそうだ。俺は、放っといたって死ぬ人間だからな」

勝又はゆっくり、リールを巻いた。引き方を変えたようだった。

「なんと言っても、捕まったらな。俺は間違いなく医療病院行きになる。無駄な施設、無駄な手術、無駄なケア、無駄な税金。そいつは願い下げだった。人を殺して、刑期も全う出来ないとわかってて病院送りじゃあ、死んでも死に切れないってもんだ。あの世で、慎介たちに合わせる顔もない」

ああ。

そういうことか。

そういう人だった。

リールを巻いてみる。

何も掛かっていなくとも、重かった。

「で、どうするんだ?」

やけにさっぱりと勝又は聞いてきた。

「どうするって、何をだよ」

「ワッパに決まってるだろ。――お前がワッパ、掛けてくれるのか？」

「んなわけねえよ。あるかよ」

リールを巻き上げ、そのまま無造作に投げる。

メタルジグがすぐ目の前の海面に落ちた。

どうでもよかった。

「俺ぁそんなこと、他人様(ひとさま)にしていい身分じゃねえや」

「そんなこと、お前ぇ」

「あるだろ。――いや、あるんだよ」

「慎介のことは、俺のせいだ。お前のせいじゃない。俺の独断だ」

「それだけじゃねえんだよっ。それだけじゃ済まねえんだよ、畜生めっ！」

思わず強い声になった。

心がそのまま表出した格好だ。

やり場のない心が表に出たら、どこへ流れる。

気が付けば、勝又が日向を見ていた。

「そうか。潜るってのは、そういうことか。俺ばかりじゃないってことか」

慈しみの深い目だった。

「日向。お前も、辛いな」

その目が日向を通り越し、背後に動いた。

キャンプ広場の方角だ。

おう、と呟いて、勝又は笑った。

笑って日向に寄り、海にジグを送ったままの竿を差し出した。

「この竿な。慎介のもんだ。慎介が、刑事だった頃のな。釣りはもともと、あいつの趣味なんだ」

受け取るしかなかった。

勝又は、日向の肩に手を置いた。

歳の割に、でかく硬いと感じる手だった。

「お前の息子に、捕まってくるよ」

そう言って、広場の方に歩き出した。

そこには涼真と霧島と、恐らく椎名辺りが来ているはずだった。

夕べ、涼真と酒を呑んだ。

――主任。全部を背負わないで下さい。俺が引き受けます。少しを。少しずつを。

ぬる燗の酒を注ぎ、笑い掛けてくれた。

だから、そういう段取りにした。
「四課長」
声を掛けた。見ることは出来なかった。
元気でな。
そんなことしか言えなかった。
「ああ。生きていられるうちはな」
そんな言葉しか返っては来なかった。
足音が遠くなり、足音が近くなり、バタバタとして、まとめて遠離った。
やがて、PCのサイレンが聞こえた。
その間、日向は両手に竿を持ったままだった。動けなかった。いや、億劫だった。
身体に芯が入らなかった。活力が湧かなかった。
心ごと、細っているようだった。
両手の竿がやけに重い。
(調子ん乗ってたかな)
涼真とコンビを組み、近くなったと思っていた。
刑事と刑事、そして、いずれは親と子。
そんな関係を、ここから始められればと夢を見ていた。

夢は夢で、見果てぬものだということを思い知った。

所詮、自分は、刑事でモグラで、ヤクザだ。

竹田に鉄砲玉を仕掛けたのも、仕掛けはしたがそのときはギリギリで自分を許せた。

甘いと言われようが、赤心はたしかに日向の中には存在した。

ヒットマンに、警視庁組対四課長の命を奪われるわけにはいかなかった。なんとしても防がなければならない。

防ぐには、禁じ手でもなんでも使う。泥は全部被る。

そう思っていた。

刑事だと、正義だと信じていた。

それが、そうではなかった。

禁じ手を選ぶのはヤクザの性根で、正義だと信じたものは正義などではなく、ただ子を思う親心のなせる自死に、手を貸すだけのことだった。

しょっぱい正義だった。

いや、正義でもなんでもなかった。

(俺は、人殺しか)

一事が万事なら、日向はただの人殺しで、売人で、詐欺師で、地面師で、一端以上のヤクザだった。

朝の光が左肩から後頭部一杯に伸し掛かり、重かった。

——やったぁ。

また、幼子の無邪気な声が防波堤から聞こえ、護岸で弾けるようだった。

それが少しばかり、心身に覚醒を促す切っ掛けになったかも知れない。

背後にリズミカルな靴音が聞こえた。近寄ってきた。

「相変わらず、何をやっても駄目ね」

凛とした声が聞こえた。

声に引かれて、ゆっくりとだが首が動かせた。

左側のフェンスに手を添え、私服の明子が立っていた。

色素の薄いライトブラウンの目で、明子は真っ直ぐに日向を見上げていた。

「そうは言ってもよ」

スッと声が出た。

思うよりも軽かった。不思議なものだ。

「貸して」

言ったかと思うと、左手の竿を奪われた。勝又から受け取った、福原慎介の竿だ。

「お、おい」

「何よ。文句ある」

私服の月形明子が、リールを巻きながら唇を尖らせた。

「いや。別に」

「ならいいじゃない」

巻き上げた糸の先にジグを眺め、ふん、と鼻を鳴らし、明子は大きく竿を振った。

ワームジグが勢いよく海原に飛び、糸が小気味いい音を立ててリールから出てゆく。

「へえ。上手ぇじゃねえか」

思わず口を衝いて出た。

「そう？　三十年くらい振りだけど」

「三十年？　ああ」

日向と明子が付き合い始めた頃だ。明子が大森警察署交通課課長代理・警部の頃だった。

特にデートで行きたい場所もなく、明子が勤務地から離れたがらなかったこともあり、大森の水辺の公園辺りでサビキ釣りに興じたことがあった。

それにしても数度だ。日向も別に釣りが好きなわけではなかった。やったことがある程度だ。

「ねえ」

明子は腕を伸ばして竿を持った。どこか、海に挑み掛かるようでもあった。

「なんだよ」

「悩んでるでしょ?」

「何がだよ」

「俺は、父親面していいんだろうか、なんて迷ってない?」

図星だった。

「それで、やっぱり止めとこうなんて、思ってない?」

ぐうの音も出ないというやつだ。

「馬っ鹿みたい」

馬ぁ鹿は自身の口癖だと思ったが、もしかしたら明子から移ったものかも知れない。

今初めて思った。

「だったら、なんだってんだ」

「いいじゃない、別に。泥だらけだって。父親の背中なんて泥だらけが普通でしょ。被ってきた泥を見せるのも、父親の仕事なんじゃない?」

「お前ぇ、本気で言ってんのか。俺は違法スレスレ、いや、法の外側に足を突っ込んだ男だぜ。そのせいで、よ」

「わかってるわよ。そんなこと。わかって言ってるの。ううん。だからこそ言ってるんじゃない。馬っ鹿じゃないの」

「ああ？」

「そんじょそこいらにある背中じゃないでしょ。いいじゃない。泥だらけでも血みどろでも、見せればいいじゃない。あなたの生きてきた道程を。あなただけの道を」

「五月蠅ぇ。綺麗事で片付けるな。理屈じゃねえんだ」

「綺麗じゃないのはわかってるって言ってんでしょ。理屈じゃなきゃなんなのよ。あんたこそ、格好つけてんじゃないわよ」

「なんだと」

「あの子ならわかるわ。あんたと私の子供なんだから」

明子は雑に竿をしゃくった。しかも片手だ。まるで長い、タクトのようだった。

「なんだよ。それぇ」

日向はリールを巻き上げた。

釣れなかった。

竿をフェンスに立て掛け、肘を突いた。

海原に、白い細波が立っていた。

少し風が、強くなり始めていた。

「見せりゃいいのか」

「そう」

「見せるったって、半端な見せ方にはならねえぜ」

「いいんじゃない」

「それがいつか、あいつの足枷になるかもしれねえぜ」

「だったら何よ」

「――そんときゃあ、お前が俺を切り倒してくれ」

「了解」

「へっ。簡単に言ってくれるぜ。もっとも、そんときゃあ、お前ぇも返り血くれえは覚悟しとけよ」

明子は竿をしゃくる手を止め、顔を日向に向けた。

忌々しいほどに、明子は近くから真っ直ぐ、日向を、人を、見る女だった。

昔も、今も。

色素の薄いライトブラウンの目が、艶っぽい。

「上等じゃない。返り血くらいで私は汚れない。汚せるもんなら、汚してみなさい」

やおら、その手の竿が差し出された。

思わず日向は受け取った。

受け取って、どう足掻いてもこの女には勝てないと知る。

「けっ。お前ぇって女はよ」

苦笑しか出なかった。

「どう？　元気出た？」

「ああ。空元気ならな」

「そう。なら、貸しイチね。今度返して貰うから」

明子は日向に背を向けた。

「今宮」

少し離れたところに、公用車付きの部下が待機していたようだ。気付かなかった。

「あの、春日(かすが)ですが」

「そう。どっちでもいいわ。登庁します」

靴音を立て、去ってゆく。

見送って、日向は右手で頭を掻いた。

「まったくよ」

心がすっかり、解(ほぐ)れていた。

左手の竿を垂直に立てた。

竿先が大きくしなり、震えた。

「なんで掛かってんだよ」

暫(しば)らく格闘して、日向は一匹の魚を釣り上げた。

三十センチに近い、ギマだった。

一説によれば、カワハギよりも美味いらしい。

「あっ。おじちゃん。凄いねえ」

いつの間にか、散歩の親子連れが近くで見ていた。

少し照れた。

「いや、あのなあ。釣ったのは、えらく気の強いおばちゃんなんだけどな」

ぽかんと口を開ける子に、日向は笑い掛けた。

「ああ。気の強いおばちゃんってなあ、内緒だぜ」

糸の先で、カワハギによく似た魚が大きく跳ねた。

三十五

事件から約一ヶ月余りが過ぎた土曜日だった。

五月病が懸念されるGWも過ぎ、新入生たちももう、それぞれの学校に自分の居場所を確保した頃だろう。

新小学生はランドセルや宿題に慣れたか。新中学生は部活に慣れたか。制服やカバンはどうだろう。

それぞれの二年生以上も、そろそろ新しい学年に慣れたか。

みんな、新しい友達は出来たか。

五月の二週目は、そんなことを思う頃かもしれない。

親ならば——。

四月に湾岸署と八王子署に捜査本部が設置された二つの事件の犯人、勝又繁春元警視庁本庁組対部課長は、逮捕当時からすべての罪を認めていた。かえって潔いほどだった。

江東区深川在住の現在〈無職〉として、逮捕後一週間ほどで送検もされ、入院及び加療も開始された。

これは本人が恭順であったということもあるが、勝又という〈仲間〉に対する、捜査陣側の想(おも)いもあったろう。

すべてを全力を以て当たった結果として、四月のうちにはどちらの捜査本部も解散となった。

実際、四月の下旬にはもう、湾岸署の〈汐浜運河浮遊殺人事件〉捜査本部に、涼真たち特捜係のすべきことはなかった。

捜査を進めるうち浮かび上がった事件のもう一方の本線、モリーの蔓延に関しての捜査も、勝又の送検以降は全面的に本庁組対部の手に委ねられることになり、こちらは刑事部の管轄からすら離れていた。

ただし、元本庁課長が殺人犯だったということも、小中学校を巻き込んだ薬物事案だということも、どちらも社会的影響があまりに大きいということで、公式発表は早い段階で、佐々岡刑事部長の一声に拠る一回にのみ集約された。

そうしてそのまま、この一件はすべて水面下でのみ明らかにされることになり、決して表沙汰にされることはなかった。

警視庁刑事部刑事総務課刑事特別捜査係には、久し振りにゆっくりとした時間が訪れた。

涼真にすれば、そろそろまた出向だな、と確信されるほどの緩さだった。

比例関係にあるわけではないが、指導係と兼任の日向は出たり入ったりで、連続して何日も姿を見ないこともあり、大いに腰が落ち着かない日々を送っていた。

――こんななら、おい、俺ぁ、あれだ。捜査本部にぶち込まれてた方が楽だな。

愚痴だか本心だかわからないそんな言葉も、日向の口から飛び出す忙しさだったらしい。

前日、四日振りに顔を見た日向に聞く限りには、休めるやら休めないやらとわからないことを言っていたが、とにかく五月の第二土曜日は、本庁日勤の刑事特捜係には、特命がない限りにおいて、実に正々堂々とした休日だった。

涼真は美緒と二人、久し振りの荒サイに出て、武蔵丘陵方面に向かうサイクリングを楽しむつもりだった。

片道約八十キロのコースを設定し、朝七時半に青戸の美緒のマンションを出発した。

まずは水戸街道沿いに出て、新四ツ木橋を目指す。そこから荒川を渡り、右岸から新荒川堤防線に入るのがルートだ。

この日は普段の休日に比べて車通りも少なく、気持ちのいい朝だった。

と――。

「あれ」

新四ツ木橋手前で、荒サイに出るときには必ず寄ることにしているコンビニの駐車場に、見慣れないロードバイクと見知った人影があった。

それも、二台と二人だ。

シックなヘルメットに地味なジャージの上下が少々場違いな感じの男性と、やけにサイケなヘルメットとサイクルジャージ、サイクルパンツが決まっている女性。

それは涼真の父と母、日向英生と月形明子だった。

「ちっ。月が、涼真。お前ぇが余計なこと言うからよ」

日向が頭を掻こうとして、その指先でヘルメットを突いた。

邪魔だなあ、と吐くように言う。

「まあ」

美緒が笑った。

日向がまたがりハンドルバーを握るのは、白と黒のフォークに赤の差し色が入った、ヨネックスのロードバイクだった。

マークは見えたが、社名の部分には白のベタシートが張られ、その上に黒文字で〈官給品〉と書かれていた。ステムに巻かれたバーテープも白黒で、真ん中に取って付けたような差し色のくすんだ赤が見えた。

不思議な仕様だったが、理由はその後の会話ですぐわかった。

日向は上から自分のまたがる車体を見下ろし、隣に並ぶ明子のロードバイクを交互に眺めた。

明子は、鮮やかな赤いフレームの、トレックのドマーネAL4のビンディングペダルに片足を乗せて立っていた。

やけに様になる立ち姿だった。

明子のトレックは、ボトルケージとバーテープがマットブラックで、全体的に統一感があった。

唯一、ボトルだけが金色で特徴的だった。それもよく映えた。

「なんかよ。そっちの方がよくねえか」

日向の不平と視線を、明子は無造作に手で払い除けるようにした。

「何よ。私のは自分のお金で買ったんだから自家用。どう飾ろうと変えようと私の勝手でしょ。でも、あなたのは私の部長裁量費で買ってあげたんだから、そのまんまの官給品よ。扱いは白チャリと同じ」

つまり、そういうことだ。

「ちっ。休みの日まで官給品かよ」

日向はもう一度頭を掻こうとして、また指先でヘルメットを突いた。

「我が儘は言わないの。贅沢よ。ざっと見渡しても、この子たちのも含めて、あなたのがずば抜けて高いんだから」

「ん？　そうなのか」

日向は目を泳がせ、涼真を見た。

金額を口にするのも下世話なので、涼真は頷くだけにとどめたが、実際、日向のロードバイクは五十万円は下らない。

「早く自転車の性能に見合った乗り方が出来るようになることね。さ、涼真、美緒ちゃん、行きましょ」

「えっ。行きましょって？」

涼真の問いに、ヘルメットの裾から伸びる髪を掻き上げながら明子は笑った。

「決まってるでしょ。ツーリング。私が乗ろうかしらって言ったら、誘ってくれたのはあなたよ」

まあ、たしかに言った記憶はある。

「いや。大丈夫なら構わないけど、今日は往復で百五十キロ以上にはなるよ」

「ひゃ、百五十キロだぁ」

と、悲鳴に近い声を上げたのは日向だ。

トレックにまたがり、明子は堂々と腕を組んだ。

いやに様になっていた。

「望むところよ。このために、公用車の運転手の名前も忘れるくらい、登退庁の手段に使ってきたんですもの」

「名前を忘れんのは、いつものことだろうが。――いや、そんなことじゃねえ。ちょっと待て。俺ぁ今日初めて乗んだぞ」

「だから何。行くの行かないの？ ほら、行くわよ」

明子はマイペースを崩さず、ビンディングペダルを踏んだ。

「行きゃあいいんだろ」

ぶつぶつ言いながらも日向が続く。

――おい。シューズが浮いちまうぞ。なんだこりゃ。

――何をやってんのよ。だから慣れときなさいって、それであなたの自宅に送っといたんじゃない。

――シューズだけのことだろ。この自転車はさっきお前んとこのが運んできたんだ。見るのも乗るのも、今日が初めてに決まってんじゃねえか。

――あら。そうだったかしら。細かいことを気にする男は嫌われるわよ。

――五月蠅ぇ。たかが自転車のせいで、誰が誰に嫌われるってんだ。

――じゃあ、ちゃんと乗りこなしなさいよ。行くわよ。

ワイワイと、ガヤガヤと、実に賑やかだ。

賑やかな、元夫婦だ。

「やれやれ」

苦笑交じりに溜息をつき、涼真も愛車にまたがった。

「ねえ。あの二人さ。なんか、とっても良い感じに見えない?」

美緒が悪戯げな笑顔を見せた。

「涼真。追い抜いちゃおっか。置いてっちゃったりして」

「追い抜く、ねえ」

颯爽とした母の背、ヨタヨタとして慣れない父の背中。

部長と主任。

「まだいいかな。いや、まだまだかな」

「えっ」

「なんでもない」

涼真は思いっきりペダルを踏んだ。

「よっ」

一瞬で風を切る感覚に包まれた。

だから、自転車はいい。

晴れの日に荒川を渡る風は、今日も穏やかだ。

警視庁特別捜査係
サン&ムーン
鈴峯紅也

ISBN978-4-09-406894-8

湾岸・大森・大井、三つの所轄署の管轄で、連続放火事件と連続殺人事件が同時に発生した！　捜査本部に狩り出された、湾岸署に勤める月形涼真巡査は弔い合戦を決意する。警察学校の同期で、恋人・中嶋美緒の兄でもある健一が殺されたのだ。コンビを組む相棒は、突然会議を割って入ってきた、警視庁の警部補にして、父の日向英生。警察上層部に顔が利く、エリートキャリアで警視監の母・月形明子の差し金らしい。息子の指導係にと、元夫を送り込んだようだ。涼真と英生の親子刑事は遊班として、ふたつの事件解決に奔走する。規格外の警察小説シリーズ第一弾！

小学館文庫
好評既刊

城下町事件記者 熊本・文楽の里

井川香四郎

ISBN978-4-09-407111-5

人間国宝が殺された！　被害者は『人形の豊国』当主・百舌目（もずめ）寿郎、熊本に住む文楽人形師だ。凶器は名刀ニッカリ青江による刺殺という。家族や弟子たちによる相続争いなのか？　毎朝新報社熊本支局に着任したばかりの記者・一色駿作は動揺する。まさかついさっき熊本城で偶然出会った老人が殺されるとは——。早速取材を開始すると、容疑者として刀剣店『咲花堂』の女性店主・上条綸子が浮かんできたが……。『城下町奉行日記』で活躍する一色駿之介の血を引く子孫が怪事件の謎を解く！　江戸から読むか、現代から読むか？「城下町・一色家シリーズ」の現代版！

伊達政鷹
刑事特捜隊「お客さま」相談係

鳴神響一

ISBN978-4-09-406841-2

元捜査一課のエース刑事・伊達政鷹は困惑していた。異動初日、ろくに挨拶も終えていないまま、小笠原亜澄巡査長に苦情申立人を押しつけられたのだ。訳も分からず苦情を聞く羽目になった政鷹に、「うちの娘が自殺なんてするはずないんだっ」、神保長治と名乗る男は声を荒らげた。娘の眞美は八ヶ月ほど前、箱根の芦ノ湖に浮いた亡骸となって、見つかったという。自殺でない決定的な証拠があるのか？「あっちの特四」と掃き溜め扱いされ、「県警お客さま相談室」と皮肉をもって呼ばれる、神奈川県警刑事特捜隊第四班。一癖も二癖もある刑事五人が難事件に挑む！

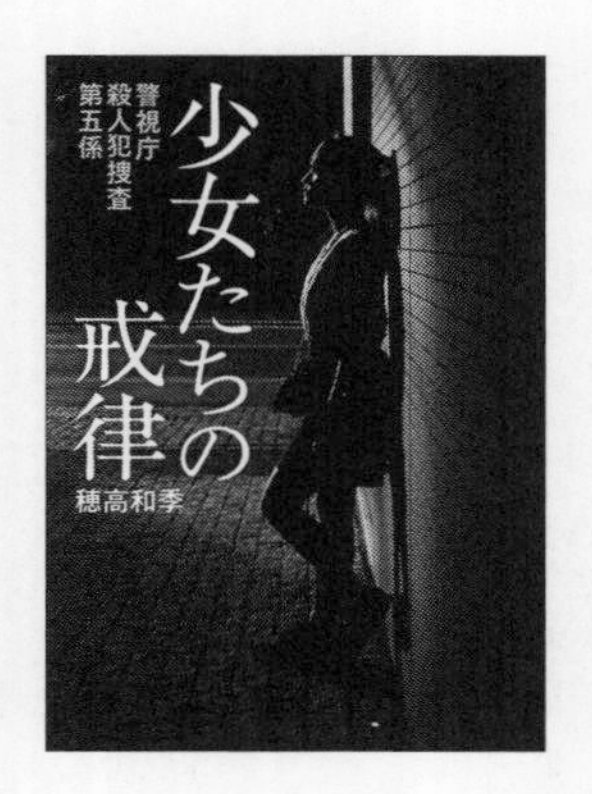

警視庁殺人犯捜査第五係 少女たちの戒律

穂高和季

ISBN978-4-09-407039-2

二十歳前後と見られる女性の殺人遺体が発見された。警視庁殺人犯捜査第五係の辻岡朋泰警部補は身元調査に奔走するも、思うに任せず、焦燥に駆られる。が、ついに大学二年生の小池聡美と判明。娘と連絡が取れず、心配していた母が偶然報道を見て、捜査本部に問い合わせてきたのだ。しかし、以後も捜査は難航、辻岡は苦悩する。奮闘の末、ようやくフリージャーナリストの佐藤公章が容疑者として浮かび上がってきた。ふたりは六年前に起こった有名な冤罪事件と、発端となった女子中学生殺人事件に関係していたらしいのだ……。息詰まる、書き下ろし警察ミステリー。

―― 本書のプロフィール ――

本書は、小学館文庫のために書き下ろされた作品です。

小学館文庫

警視庁特別捜査係サン&ムーン2
桜人

著者　鈴峯紅也

二〇二三年二月十二日　初版第一刷発行

発行人　石川和男
発行所　株式会社 小学館
〒一〇一-八〇〇一
東京都千代田区一ツ橋二-三-一
電話　編集〇三-三二三〇-五九五九
販売〇三-五二八一-三五五五
印刷所 ―― 中央精版印刷株式会社

ISBN978-4-09-407225-9